東野圭吾
ひがしの けいご

以前，我死去的家

むかし僕が死んだ家

王蘊潔——譯

導讀——

門，就要開了

【作家】陳柏青

東野圭吾的三個十年

一九七四年是東野圭吾的「推理元年」。那一年，十六歲的少年圭吾讀完了小峰元《阿基米德借刀殺人》，對推理小說發生莫大興趣，胃口一下子開了，「特別是松本清張的作品，幾乎本本都讀完了」，且不只讀了，還要自己來寫。也是這一年，東野圭吾以高中為背景，寫下人生第一篇推理小說《生化機器人的警告》。大概是讀了很多松本清張，他稱自己的少作：「主題是當時沒有能力處理的深度社會問題」。有沒有能力，要靠讀者評斷，但開心與否，是自己的事，寫作多開心，他不但似模似樣附上後記，沒閒上多久，又動筆寫下新一篇作品。

然後，一九八四年。東野圭吾推理元年後的第一個十年過去。那時，東野圭吾已經任職豐田汽車相關產業「日本電裝株式會社」。還是讀書，還有夢可以做，都是關於推理小說的。讀了十年推理小說，在此前一年，他剛以《人偶之家》投搞亂步獎，那是他人生第一次投稿推理文學獎，「知道這樣的作品和得獎根本夠不上邊，於是立刻著手第二部作品，打定主意寫個五年試試看」，我真喜歡這時候的東野先生，他自己在年譜裡說，第一次投稿的作品《人偶之家》果然沒有獲獎，但雖然知道沒有，心裡也只是冒出「果然」兩個字，「畢竟我也只是提筆寫而已」，給他這樣一講，心情亂像是高中時我們為明天大考苦熬的那些夜，真的高分了，開心是真開心，若不如人意，也不真的慌，「畢竟我也只是提筆寫而已」。他說自己跑去看評審記錄，「原來我有進入二度審查啊。」，才剛起步，就一下闖進離成功這麼近的地方，這麼想來，一切充滿了可能，於是他繼續寫。一九八四年，東野圭吾以《魔球》再次入圍江戶川亂步獎。當他把參獎作品丟進郵筒，球投出去了，還不知道結果呢，他的心中已經開始醞釀下一部作品，「想到了一個以高中為主題的故事」，當然，這一年，《魔球》還是落空了，十年前的少年圭吾成了青年圭吾，但十年也不過是書桌前重疊的身影一個翻頁，總是才寫完一本便迫不及待醞釀下一篇，推理元年後的第一個十年，是起飛前夕的助跑期，隔年，東野圭吾便以「高中為主題」的《放學後》獲得江戶川亂步獎，由此踏上推理作家之路。

一九九四年來了。由一九八五年獲獎至今，東野圭吾毅然辭去了工作成為專業作家，他上了京，開始入圍文學獎，得的不多，不得的比較多。出了不少書，有名的少，「只是出版了，卻沒有半點迴響」佔更多。怎麼說呢，那是風霜與雨的十年，混得不算差，卻也沒他想得這麼好，十年前「果然」、「畢竟我也只是提筆寫而已」那樣的心情淡去了，書桌前的多想參透密室真相的圭吾終於進入寫作的密室，筆下創造無數密室，以前他推敲詭計背後的真相，現在他自己提供真相。但生活的真相是什麼？東野圭吾這十年切切實實感受到的，應該是人生的模樣吧。在這十年裡，「自信之作被忽視」、「作品被隨便改名」、「雖然相當努力，卻真的很不走運」、「甚至認為有人迫害我」，書桌前一心提筆寫作的少年進入盛年，也就是這一年，《以前，我死去的家》出版了，東野圭吾在年譜上回憶道：「我已經不想再寫了，反正本本都沒話題性」、「尤其是《以前，我死去的家》，連篇書評都沒有，實在令人訝異。」《以前，我死去的家》像是夢想的黑盒子，名字裡讓人不免多作聯想的幫他哀嘆，唉，好時光都死去了嗎？過去的夢想，也就這樣了吧！他在作品解說中也提到「這是我的自信之作，卻沒有獲得好評，此後，我不禁以懷疑眼光看待書評家」、「記得我曾經以『爸媽不爭氣，拖累孩子得不到肯定』的心情向這本書道歉。」

這是東野圭吾進入推理世界後的兩個十年。從勃勃多有元氣的翹首等待，到死去了家，死去了夢，但也不只是真死，那只是一種喪氣，一種微微的憂傷，不是真絕望，但也不知道還有沒有可能。有時候以為機會到了，卻開始學著不抱期待，氣嘆多了，也就不嘆了，失落多了，也該學會長大。但運氣是到底了，書桌前「這本寫完，立刻開始下一本」的那雙手到底沒有停下，書桌前少年還是沒離開，要到下一個十年，二〇〇四年，《嫌疑犯X的獻身》於雜誌連載。之後的一切，你大概就知道了。二〇〇五年，一切都過去了。一切都要過去。各種大賞加身、柏青哥中獎一樣嘩啦嘩啦湧出巨量讀者群，門，要推開了。

門，推開了

作為恐怖遊戲的代表作之一，《惡靈古堡》監督在接受採訪時曾經說到：「世界上讓人感到最恐怖的，就是一扇還沒有推開的門。」

如果你玩過初代《惡靈古堡》，無人大宅裡有流竄的獸與活屍。隨著場景就要轉換，遊戲角色踏入下一個未知空間，讀取畫面正是一道半推開的門，伴隨咿喲木頭音效，分明是靜態畫面，但螢幕前的自己心裡就是好緊張，不知道，接下來冒出來的，會是什麼？

那是「恐怖」嗎？或者更精確的去定義，是「不安」。不安是不知道未來，是對於未知的種種臆測，是慌，還不亂，卻沒抱樂觀。有一種哀愁的預感，是大崩壞將起前，最後一點僅存的矜持，心頭多平靜的湖水，其實已經從圓心微微散開幾道漣漪。

「不安」多微妙。我們看過好多嚇人的作品，怕也是真怕，但知道哪裡讓人害怕，第二次再看，也就習慣了。有時候，我們甚至懷念起那種驚嚇。不，也許不是真的期待被嚇到，而是對初閱讀時乍起的「不安」感到困惑。懷念那樣微微騷動的自己，只有那時候，自己不是自己了，有點怕，但又喜歡這種怕，怯怯的，又想進一步感受更多。就是在那時候，身處的現實似乎失去重量感，反而是手捧的書頁還是眼前的螢幕分外的重，心被帶往那，地平面還有點浮動，「不安」讓我們以為堅固的世界輕微搖動。

對我來說，《以前，我死去的家》是這樣的作品。靜止的家、「茶杯才掀蓋、刀叉才剛懸起但怎麼大夥兒忽然都離座了」的素描瞬間，為什麼人們都消失了？發生什麼事情了？東野圭吾火力全開卻又精練收斂到不見煙硝的把「不安」和「恐怖」彈痕密集的體現在這本小說裡「維持在崩潰一瞬的屋子」中，他掌握了恐怖的精髓，那樣的閱讀竟然是很遊戲性的，像是八〇年代在日本興起的電子小說或恐怖遊戲，靜態畫面裡隱藏著線索，人們迫不及待的翻閱，等待一扇扇就要開啟的門。

且遠不只是恐怖而言。一九九四年站在門檐下努力要往前邁步的青年圭吾，在小說裡暗伏了一則重大社會議題，那處理得有多不動聲色，少年時代嘆息「沒有能力處理深度社會問題」終於在此展現了實力。《以前，我死去的家》絕對是早期東野圭吾被忽略的最重要作品之一。藉著死去的家，他不只推開四壁圍攏以為「自己只有這麼多」、「自我侷限」的一扇門，也推開通往未來社會的門，他要領我們去看。

好期待。

好想知道。好想看到門後面有什麼，就算那是……

現在，門，就要開了……

名家推薦——

回溯式解謎，但也不只是解謎

【推理作家】**寵物先生**

一對男女探索空屋，找出一些小物件，逐漸拼湊出房屋的家庭歷史，並回溯女主角的幼時記憶。這有些類似現今流行的實境遊戲「密室脫逃」概念，透過搜尋被藏起的「線索」，將之組合以達成「任務」。

然而差異在於，線索背後的「故事」。東野圭吾不僅建構一套邏輯完整的解謎過程，還延伸出令人動容的角色情感與人際關係，而背後引出的幼兒虐待議題，同樣發人省思。發表於一九九四年的本作，不僅承繼了《在大雪封閉的山莊裡》之趣味與開創性，亦可窺見日後諸多作品的創作能量。

目錄

序章

一個月前，曾經是我父親的人通知我，我幼時住的那棟老房子要拆除了。這當然是他和曾經是我母親的女人在商量後決定的事，他們幾年前就搬離了那棟老房子，目前在海邊的公寓悠閒度日。不，通常會說，他們在那裡享受晚年生活。

信上除了有拆除的日期，還詳細說明了開始拆除的大致時間，應該期待我在那天的那個時間，出現在那棟老房子前吧。

但是，我決定背叛他們的期待。並不是因為不想見他們，無論怎麼說，他們都曾經是我的父母，我拒絕他們太大逆不道，我只是對可能會從那棟房子跑出來的，我無法想像的某種東西感到害怕。

拆除當天，我在自己的公寓內聽音樂、看書打發時間，因為我不想遇到任何人，所以沒有出門。

然而，即使假裝在看書，即使做出在聽音樂的樣子，我滿腦子仍然想著那棟老房子的事。想著以前我寫功課的房間，想著大家一起鑽進暖桌下，一起看電視的客廳，想起背著書包去探頭張望晚餐吃什麼的廚房。想著壁櫥、走廊和昏暗的儲藏室。

我想像著那棟房子遭到拆除、毀滅的樣子。想像著牆壁被撞塌，地板被敲破，柱子被折斷。柱子上可能仍然掛上每個星期都要慢五分鐘的老舊掛鐘，牆上可能仍然貼著好幾年前的月曆，上面還印了報社名字。簷廊的地板上應該還留著直徑三公分的焦痕。那是我讀小學時，用透鏡燒焦的。當時，父親大發雷霆，幾乎把我耳膜都要震破了。

我一次又一次幻想著，最後影像漸漸模糊，只剩下泛黃的記憶片段。

說到房子，還有另一棟無法遺忘的房子。

和我從小長大的純日式房子不同，那是一棟富有異國情調的白色小房子，靜靜地佇立在很少有人前往的山中。

想到那棟房子，我至今仍然會忍不住發抖。難以形容的可怕感覺讓我感到胸悶，當我獨自躺在床上時，會忍不住想要整個人都鑽進毛毯。

有時候也會產生一種近似懷念的情感，甚至覺得有什麼東西在呼喚我。

然而，我當然不會去那裡。我比任何人都更清楚，打消這個念頭是為了自身的安全。

當年，我和另一個女生為了找某樣東西，一起去那棟白色的房子。但是，我和她都不知道那是什麼東西，我們之所以去那裡，是隱約期待那裡或許有什麼。

我至今仍然不知道那到底正不正確。
兩年過去了。

第一章

1

我在家接到一通電話。那通電話成為一切的開始。

聽到聲音時，我立刻知道是誰。那個帶著娃娃音的聲音很獨特，我的心跳加速，但仍然用公事化的口吻問：「請問是哪一位？」雖然我想要逞強，但我立刻後悔自己做了無聊的事。

「呃，我是中野。」她說的不是舊姓，而是目前的姓氏，也許她也有點逞強。

「中野？」我繼續假裝聽不出來她是誰。

「啊，對不起，我是倉橋，倉橋沙也加。」

「喔，原來是妳。」我發出終於想起來的聲音，只是演技太拙劣。「那天很開心啊。」

她沉默不語，似乎不知道該怎麼回答。這也難怪，因為我這句「那天很開心」完全不符合實際情況。

我對著電話輕輕笑了起來，「但其實我們幾乎沒什麼聊到。」

「對啊，」沙也加的語氣也稍微放鬆了，「你一直和男生聊天，完全沒有來找我。」

「我覺得妳好像也刻意避開我。」

「才沒有呢。」

「是嗎？」

「是啊。」

「是喔。」我拿起桌上的自動鉛筆，嘎嚓嘎嚓地按著筆芯。尷尬的沉默持續了數秒。「算了，」我說，「今天打電話給我有什麼事？只是閒著無聊嗎？」

「才不是呢！」電話中可以聽到沙也加呼吸的聲音，雖然聲音很輕微，但可以感受到她呼吸急促。她似乎下定決心說：「我有事想和你見面談，你有空嗎？」

我有點驚訝，因為我沒想到她會提出想要見我。我看著自動鉛筆的筆芯問：「是什麼事？」

她停頓了一下說：「不方便在電話中說。」

我把電話放在耳邊，想像著她可能會說的內容。雖然腦海中浮現了幾個三流戀愛小說中常見的劇情，只不過沙也加不可能為這種事打電話給我，但我還是問了一下：「這件事和我們兩個人有關嗎？」

「和你沒有關係，」她毫不猶豫地否定，「應該是我個人的問題，但我希望你聽我說，在我說完後，想拜託你一件事。」她不等我回答，就一口氣繼續說了下去，「因為我只能拜託你。」

我忍不住產生了好奇，但我克制了好奇問：「妳先生知道這件事嗎？」

「他不在。」

「不在？」

「他去美國了，去出差。」

「原來是這樣。」我用食指的指腹把自動鉛筆的筆芯壓了回去。

「但是，你不要誤會，」她的呼吸仍然有點急促，「即使他在，也無法解決這件事。」

我沉默不語，完全猜不透她想說什麼，但從她的語氣可以判斷事情的嚴重性，正因為如此，我需要小心謹慎。

「我勸妳再認真思考一下，」我舔著嘴唇，「也許有其他更適合的人選，從某個角度來說，現在妳我見面是很危險的事，妳知道嗎？」

「當然知道，我是在知道這件事的基礎上拜託你。」

「但是……」

「拜託你。」她費力地擠出聲音，我可以想像她煩惱的樣子。雙眼凝望遠方，眼睛周圍一定很紅。

我吐了一口氣，「我明天下午有空。」我用有點冷淡的語氣說。

「謝謝。」她回答。

我和沙也加從高中二年級到大學四年級期間交往了六年，也就是男女朋友的關係，但我們彼此從來沒有說過任何激情的話，也沒有特別浪漫的回憶，只是有一天猛然發現，已經交往了六年。

她為我們的關係畫上了休止符。

「對不起，我喜歡上別人了。」

她並沒有說「分手」這兩個字，說完後默默垂下雙眼。這句話足以表達「分手」的意思。當初我們約定，不束縛對方，也不依賴對方，一旦想結束這段關係，就要坦率告訴對方。因此，我當然不可能依依不捨地挽留她。

「我知道了。」我只對低頭不語的她說了這句話，那天之後，我們就沒再見面。

七年後的初夏，我們才第一次重逢。因為高中二年級的同學會在新宿舉行，我決定出席時，內心的確期待也許可以見到沙也加。

我在會場時，和比當年成熟的老同學談笑著，用眼角尋找她的身影。我的期待沒有落空，她真的來了。和我交往時太纖瘦的身體有了女人特有的曲線，化妝技巧也更好，成功地展現出穩重的感覺，但不小心洩露出像少女般不可靠的感覺，跟當年和我交往時一樣。當我發現這一點後，稍微安了心。因為那才是沙也加的本質，我無法想像一旦她失去這種本質，會是什麼樣子。她站在離人群退後一步的位置，確保了自己的地盤，警戒的雙眼不經意地觀察著周圍。

我感受到她的視線看向我。如果我當時也看她，也許有機會說話，但我假裝沒有發現。

同學會的氣氛越來越熱鬧，有人提議大家輪流報告近況。輪到沙也加時，我低頭看著手上兌水酒的杯子。

沙也加向大家報告，她四年前結婚，目前是家庭主婦。丈夫在商社上班，很少在家——這種情況很常見。如果在以前，我完全無法想像這種平凡的話題會出自她的口。

「有沒有小孩？」以前當班長的女生問。這也是必問的問題。我喝著已經變淡的酒。

「有，呃……有一個。」

「兒子？」
「不，是女兒。」
「幾歲？」
「快三歲了。」
「那正是可愛的年紀。」
聽到前班長這麼說，沙也加並沒有立刻回答，停頓了一下才用比剛才更小聲的聲音說：「嗯，是啊。」我抬頭看著她，因為她的聲音聽起來很痛苦，但除了我以外，似乎並沒有人發現這些微的不自然。然後，就輪到下一個同學開始報告。
沙也加拿出手帕按著額頭，好像在掩飾臉上的表情。我發現她的臉色蒼白。當我繼續看著她時，她似乎察覺到我的視線，轉頭看著我。這是我們在那天第一次眼神交會。
但在零點幾秒後，我低下了頭。
那天，我和沙也加沒有說一句話。回到家，解開領帶時，我忍不住自問，今天出門到底是為什麼？同時，我也以為再也不會見到沙也加了。
沒想到，一個星期後，竟然接到了她的電話。
我們約在新宿一家飯店的咖啡廳見面。我在服務生帶領下，坐在咖啡廳的座位上才四點五十分。點了咖啡後，打量著並不算太寬敞的咖啡廳後，不禁在內心嘲笑自己。我到底在期待什麼，還刻意提前十分鐘到達。等一下出現的可不是女大學生沙也加，而是商務人士的太太。

另一個我忍不住反駁。我才沒有期待什麼，只是因為她的聲音聽起來很煩惱，所以想要聽她說說是怎麼一回事。她不是說，只能拜託我嗎？

前一個我又反唇相譏。你一定得意地回味了這句話很多遍，覺得她不能告訴她老公，卻願意告訴你，即使已經嫁人，心裡還是愛著你，所以才會抱有期待吧。別鬧了，你別鬧了，這種不切實際的夢想，只會讓自己丟臉。

我才沒這麼想，只是——

沙也加在四點五十五分現身。

她一看到我，用力深呼吸後走了過來。她穿了一套薄荷綠的套裝搭配白色襯衫，裙子稍短，仍然可以感受到二十多歲的年輕。一頭短髮也很適合她，如果為她拍一張相片，完全可以成為主婦雜誌的封面。

「我還以為我會先到。」她站在桌旁說道，臉頰有點紅。

「因為剛才的事提早結束了，所以我也提早到了。妳不要站著，要不要坐下再說？」

她點了點頭，在我對面坐了下來，向剛好經過的服務生點了奶茶。我喝咖啡，她喝奶茶，和以前一樣。

「你住在這附近嗎？」她看著桌子說完，不時抬眼瞥著我。

「不，不在這附近，我換了兩班電車，但距離並不遠。」

「那為什麼約在這種地方？」她眼珠子骨碌碌地轉動著，打量這間咖啡廳。

「我想約在我家和妳家中間的地方，但好像離我家比較近一點。妳目前住在等等力吧？」

聽到我這麼說，她稍微瞪大了眼睛，可能對我知道她住哪裡感到意外。我當然是之前開同學會時聽她說了之後記住的。她似乎也想到了這件事，嘴角微微露出笑容。

「我以為你根本沒有聽我的報告。」

「妳沒有聽我的報告嗎？」

「聽到了啊，你好像很努力。」

沙也加說這句話時，奶茶送上來了。我等她喝了一口後問：「誰告訴妳我家的電話？」

「工藤。」

「我就知道是他。」

他是同學會的幹事。以前就很熱心，每次辦活動，他就特別活躍。工藤也知道我和沙也加以前交往的事，所以當她去向工藤打聽我的電話時，他一定開始胡思亂想。沙也加不可能沒想到這種後果，可見她要找我談的事情真的很重要。

我從皮夾裡拿出一張自己的名片放在她面前。

「你住在練馬區嗎？」她接過名片後問。

「因為住在大學附近比較方便。」大學位在豐島區。

「理學院物理系第七講座……和以前一樣。」

「唯一的成長，就是目前是研究助理。」我自嘲地笑了笑。

「以後會升副教授吧？」

「還早得很呢。」

沙也加仔細看著名片，舔了舔嘴唇後，抬起了頭。

「沒有其他的名片嗎？」

「其他的？沒有。什麼意思？」

「該怎麼說，該說是……文字工作？我上次聽到你在同學會時跟別人說，你也在做文字工作。」

「喔，」我點了點頭，喝了一口已經變溫的咖啡，「那只是打工，稱不上是副業。」

「不是在雜誌上寫連載嗎？」

「那只是小眾的科學雜誌，而且不是每期都會刊登。只有編輯部找到適當的主題時，才會來邀稿。」

那是某報社發行的月刊，其中有一個「科學家眼中的社會現象」專欄，讓向來被認為不諳世事的科學工作者從科學的角度討論時事問題。原本是因為該雜誌的總編和我們學校的副教授很熟，所以向他邀稿，但副教授說，不想寫一些無聊的文章丟人現眼，所以就推給算是他直屬下屬的我。我記得第一次的主題是「關於職棒的選秀制」，之後總共刊登了七篇我寫的稿子。

「因為聽說刊登了你的文章，所以我去圖書館找了那本雜誌，雖然沒有找到全部，但我讀了三篇。」

「是嗎？真害羞啊，妳一定嘲笑我寫得很差吧。」我在說話時想起沙也加是文學院畢業的。

她搖了搖頭，「很有趣，而且主題也很有趣。」

「太好了，我第一次聽到讀者的意見。」我又喝了一口咖啡，看著她的臉問：

「所以，妳要拜託我什麼事？」

沙也加用力深呼吸，似乎在最後一次確認自己的心情。然後拿起旁邊的皮包，從裡面拿出一個牛皮紙信封。她把信封倒了過來，倒出一根黃銅色的金屬棒和摺起的紙。她把這兩樣東西放在我面前，看起來像金屬棒的東西是一把黃銅製鑰匙，握把部分有一個獅子頭。我打開那張摺起的紙，那是用黑色鋼筆在信紙上畫的簡單地圖。

我抬起頭問：「這是什麼？」

沙也加緩緩張開嘴唇說：「我爸爸的遺物。」

「妳父親去世了嗎？」

「剛滿一年，因為心肌梗塞。」

「是喔……」我並沒有特別深的感慨，因為我沒見過她父親。

我拿起那把銅鑰匙，發現鑰匙很重。手畫的地圖似乎是前往某個地方的示意圖，圖中唯一顯示的地名，就是畫在右下角的小車站。

「松原湖車站」，我努力搜尋記憶，記得應該在長野縣小諸一帶。「所以呢？」我問。

「我希望你去地圖上畫的地方，」她說：「和我一起去。」

我驚訝地張大眼睛，「我嗎？和妳一起？為什麼？」

沙也加把右手伸了過來，從我手上拿回銅鑰匙。她的指尖碰到了我的手掌，白皙纖細的手指很冰冷。

「我對我爸爸生前的某些行為至今仍然無法釋懷。」她靜靜地說了起來，「我爸爸喜歡釣魚，有時候會在假日獨自出門，但有時候會感覺不太對勁。因為他前一天完全沒有做任何準備，既沒有買魚餌，也沒有準備釣魚的工具，而且每次遇到這種情況，都完全沒有釣到一條魚回來。不光是這樣而已，回家之後，也不會擦拭釣竿，平時他每次回來都會擦。」

「妳認為釣魚只是藉口，他其實是去了其他地方嗎？」

「這是唯一的可能。」

「這種情況很頻繁嗎？」

「也還好，差不多兩、三個月一次吧，但我去上學或上班的時候就不知道了。」

「妳曾經問過他這件事嗎？」

「我曾經問過一次，問他是不是真的去釣魚，他回答說，當然是真的啊，怎麼可能有假，不要因為沒有釣到魚就說三道四。雖然不至於發火，但似乎很不高興。所以我確信，爸爸在說謊，但那時候我以為他去找女人。因為我媽媽死了好幾年，即使有喜歡的女人也很正常。」

「很合理的推理。」我把雙肘放在桌上說。

「雖然想到死去的媽媽，心裡很難過，但也有一絲期待，以為爸爸可能會把女朋友介紹給我認識。」她淡淡地笑了笑，又立刻恢復了嚴肅的表情，「但是，爸爸死後，沒有看到像是他女朋友的人出現，代表我的想像並不正確。所以直到最後，我都不知道他到底去了哪裡，就這樣過了一年，最近我在爸爸每次去釣魚時都會帶的背包裡，找到了這把鑰匙和地圖。」

「是喔，」我再度看著地圖，抬起了頭，剛好和她視線交會，「所以妳認為妳父親可能去了地圖上畫的地方嗎？」

沙也加用力點了點頭。

「所以，妳想去看看那裡到底有什麼。」

她又點了點頭。

我伸手想拿咖啡杯，想起杯子已經空了，只好把手縮了回來。

「妳自己去不就好了嗎？根本不需要我陪妳。」

「因為是完全陌生的地方，一個人去會害怕。」

「妳可以找其他人啊。」

「這種事，怎麼能拜託別人呢？而且，我也沒有可以一起去旅行的朋友。」沙也加低下頭，雙手撐在椅子上，前後搖晃著身體。她這種孩子氣的動作也依然如故。

「我搞不懂，」我對她說，「這不是什麼嚴重的問題，只是去找一下妳父親的小秘密，也不必急著去，等妳老公回來之後，可以當作去兜風，開車順便去那裡看一下。聽說妳有女兒，你們可以一家三口——」說到這裡，我停了下來，因為她突然抬起頭，用惡狠狠的眼神看著我。我有點慌了神，問她：

「怎麼了嗎？」

沙也加眨著眼睛，垂下了視線。她眨眼的動作看起來像是在忍著淚水，但我搞不懂她為什麼要哭。

看到她再度低著頭，我只好默不作聲。我打算等她開口。

她一定有什麼隱情，否則不可能因為對父親生前的行為產生疑問，就要找前男友協助。我目前還沒決定聽她說完之後要怎麼做，我告訴自己，必須慎重考慮這件事。因為我發現自己很脆弱，對可能再度有機會和沙也加保持某種關係產生了期待。

沙也加微微抬起頭，但她的雙眼並沒有發紅。她看向遠方，似乎有點遲疑不決。不一會兒，她好像看到了什麼，緩緩地移動眼珠子。我也看向那個方向。她看著一對走進咖啡廳的年輕情侶。嬌小的女人穿著幾乎可以看到臀線的裙褲，和袖子飄逸的T恤。高個子的男人穿著POLO衫和牛仔褲，兩個人都曬得很黑。

沙也加看著他們，嘴角露出笑容，「很像以前的你，襯衫下的手臂曬得很黑。」

「是嗎？」我在學生時代參加田徑隊，是短跑和跳遠選手。

她直視著我，「高中時候的事，你還記得嗎？」

「當然記得啊。」

「我也記得。」說著，她看著我的胸口，然後再度看著我的臉。「那中學時的事呢？還記得嗎？」

「有些記得，但也有很多忘了。」

「小學的時候呢？」

「小學的話，應該忘得差不多了吧，連同學長什麼樣子都想不起來了。」

「但還是有回憶，對不對？像是遠足的事，或是運動會的事。」

「運動會的事記得很清楚，尤其是賽跑，但我從來沒跑過第一名。」

「真的嗎？好意外。」她笑了笑問我：「那更早之前呢？」

「更早之前？」

「就是上小學之前，有沒有記得什麼？」

「這個問題真不好回答。」我抱著雙臂，「有一些模糊的記憶片段，像是和鄰居的小孩子一起玩，還有挨父親的罵之類的事，但想不起完整的故事。」

「但是，」沙也加說，「不管怎麼說，都算是記得，像是住在怎樣的房子，或是周圍有怎樣的人之類的事。」

「是啊，」說完，我輕輕笑了笑，「為什麼問我這些？」

她再度露出猶豫的表情，但舔了舔嘴唇後說，「我完全沒有。」

「沒有？沒有什麼？」

「那個啊，」她輕輕呼吸了一下後，繼續說了下去，「小時候的記憶啊，像是住在怎樣的房子，周圍有哪些人，我完全不記得了。所以，我要去那個地方，找回我的記憶。」

2

「雖說沒有小時候的記憶，但小學之後的事我還記得，尤其是小學入學典禮的事。媽媽牽著我的手，走進小學的大門。圍牆旁有一排漂亮的櫻花樹，花瓣飄落，宛如雪花……」沙也加凝望著遠方說完後，搖了搖頭，「但是，在此之前卻完全沒有記憶，好像整個被挖掉了。」她露出訴說的眼神看著我。

我鬆開抱著的雙臂，微微探出身體。我不太理解她說的話，開口問道：「那又怎麼樣呢？很多人都忘了以前的事，沒有人會在意這種事啊。」

「他們是因為隨著時間的流逝，慢慢忘記了，如果我也是這樣，就不會在意。」

「難道妳不是這樣嗎？」

「對，因為我在讀小學的時候，就一直在煩惱這件事。為什麼我完全想不起小時候的事。如果長大以後，想不起上小學之前的事或許理所當然，但讀小學的時候就這樣，你不覺得很奇怪嗎？」

「這……也許吧。」

「因為我覺得太匪夷所思了，所以曾經問過我爸爸，為什麼我完全不記得幼稚園以前的事，爸爸說，可能是因為年紀太小了，但我無法接受這種說法，因為我周圍的同學沒有一個人像我這樣。不久之後，我就不願意去想這件事。即使告訴自己要想開一點，也不知道如何才能想開，所以情緒很不穩定，莫名其妙地感到孤獨、害怕。」沙也加雙手捂住胸口，用力深呼吸。

「妳真的什麼都不記得了嗎？」我問。

「完全不記得，」她用自虐的語氣說道，「完完全全是一張白紙，也完全沒有你剛才說的記憶片段。」

「但是妳家應該有相冊之類的東西吧，不是記錄了妳小時候的情況嗎？比方說，七五三節或是幼稚園的入學典禮之類的，只要看相片，不是可以想起些什麼嗎？」

「爸爸和媽媽為我拍了很多相片，是特地為我拍的，所以光是小時候的相冊，就有兩大本，只是完全沒有幼年時的相片，相冊第一頁上貼的是我小學入學典禮的相片。」

「怎麼會有這種事？」

「不騙你啊，你要不要看？相冊就在家裡。」

「所以，妳父母也從來沒有和妳聊過上小學之前的事嗎？」

「這……」沙也加微微偏著頭，「也不是完全沒有，像是我出生後第一個立春，還有新年之類的，最有印象的就是我在五歲時曾經失蹤了，爸爸和媽媽緊張地四處找我，最後發現我在家裡的儲藏室睡著了。」

「聽了這些話，妳也完全沒有想起來嗎？」

「感覺好像在聽別人的事，」她輕輕吐了一口氣，「而且，我爸媽在告訴我這些事的時候，也沒有特別興奮，只是告訴我，曾經發生過這件事。」

「只是曾經發生過這件事……喔。」

這到底是怎麼回事？我忍不住思考著。沙也加說她完全沒有兒時記憶就很奇怪，她的父母也沒有留下當時的紀錄更令人匪夷所思。任何父母在小孩子三歲之前，都會拍很多相片，甚至有父母為此特地去買相機。

「但是，妳以前從來沒有提過這件事。」

「認識你的時候，已經習慣這種狀況了，或者說已經放棄了，但一直知道自己沒有兒時的記憶。即使和你約會的時候，也從來沒有忘記這件事。」

我嘆了一口氣，雙手放在桌上，時而握起、時而鬆開。她說的話完全超乎了我想像的範圍。

「妳覺得是因為某種特殊的原因，導致妳欠缺兒時的記憶嗎？」我一邊整理著自己的想法，一邊問道。她點了點頭，我看到她的反應後，又指著桌上的地圖說：「所以，妳期待這裡或許有可以讓妳找回記憶的線索之類的東西嗎？」

「因為我覺得似曾相識。」她說。

「對什麼？」

「對這把鑰匙啊。」她拿起銅鑰匙，「我以前見過這把獅子的鑰匙，但並不是在上小學之後，而是更早之前。我相信只要查出這把鑰匙是什麼，就可以找回我的記憶。」

我再度抱著雙臂，靠在沙發上，不知不覺地發出了呻吟。

「我不太理解，這件事有這麼重要嗎？不，我知道妳一直在為這件事煩惱，但現在不是已經適應這種狀況了嗎？既然這樣，不是就好了嗎？就像對我來說，幼年的回憶根本微不足道，不管有沒有這種記憶，都對今後的人生不會有太大的影響。」

沙也加再度用力閉上眼睛，然後緩緩張開。也許她在克制內心的煩躁，她說：「目前的我需要這些記憶。」

「什麼意思？」

「我最近才發現，自己欠缺了重要的東西。在尋找原因後，發現是因為我缺少了幼年的記憶。」

「妳哪有欠缺什麼。」

「當然有啊，」她語帶煩惱地說：「我自己知道，只有我才知道，我是不完整的人。」

她說的話太出乎意料，我有點驚慌失措。

「發生了什麼事？」我著急地問，「為什麼會有這種想法？」

她緩緩搖著頭，「我不想現在，在這裡說。」

「那要去哪裡說？」

「去那裡的話，」說著，她把手放在那張地圖上，「只要去那裡，找回我的記憶，應該就可以說了，我相信你也能夠瞭解，所以希望你和我一起去。」

我抓了抓頭，「我完全抓不到重點。」

「對不起，我知道自己說的這些話很奇怪，但現在我只能這麼說。」沙也加再度低下頭。

我猜想她有某種精神上的苦惱，為了解決這個煩惱，抱著抓住最後一根救命稻草的心情，想要尋找自己失去的記憶。我想要協助她，但在瞭解她的煩惱之前，我不能輕易插手。

「我不能和妳同行，」我說，「我不認為自己是適合的人選，我相信一定有其他更適合的人。」

「我這麼再三拜託你，已經說了這麼多，你仍然不答應嗎？」

「妳還沒有把所有的話說出來，我完全不知道到底發生了什麼事，讓妳這麼煩惱？但也許這樣更好。」

她欲言又止，我無法判斷她是說累了，還是覺得多說無益。她伸手想要拿茶杯，但她的奶茶早就喝完了。

當我們陷入沉默時，發現周圍很吵鬧。我看向剛才那對年輕情侶，他們正開心地笑著。

「好吧，」不一會兒她終於開了口，但說話很小聲，「也許是我錯了，你有自己的生活，沒時間應付前女友的煩惱。」

「如果妳有煩惱，隨時可以找我訴苦，只要不是這種情況。」

「謝謝，但如果不是這種情況，恐怕也不會想找你幫忙。」沙也加露出落寞的微笑說。

她把地圖和鑰匙放回皮包後站了起來，我伸手拿桌上的帳單，但她也剛好抓住帳單，兩個人搶帳單。

「我來付吧。」

她搖了搖頭，「是我找你出來的。」

「但是——」我用力把帳單拿過來，這時，我看到了沙也加左手腕的內側，有兩條和手錶的皮帶平行的紫色傷痕。我鬆開帳單，不知道該說什麼。

沙也加似乎察覺到我視線，把拿著帳單的手藏到身後。

「我去結帳。」她把左手藏在身後走向收銀台。

我在咖啡廳出口等她，她左手腕上的傷痕一直留在我的腦海，也許是因為剛才看到時的衝擊還沒有消失。

沙也加走了過來，她縮著下巴，好像害怕挨罵的小孩子。
「謝謝。」我說。「不客氣。」她應該說了這句話，但我聽不到她說話的聲音。
我們一起走出飯店大門，我打算走去地下步道，但她在那裡停下了腳步。
「我搭計程車回家。」
「是嗎？」我點了點頭，但我們並沒有道別，而是面對面站在那裡。三個穿著西裝的男人從我們身旁經過。
我向她走近一步。「妳不擔心被老公知道嗎？」
「什麼？」
「假設我們兩個人一起出門，不會被妳老公知道嗎？」
「喔……」她的表情放鬆了，好像打結的繩子終於鬆開了，「我會十分小心，而且，他至少要半年後才會回國。」
「是喔。」各種想法在腦袋裡竄來竄去，但我仍然猶豫不決。
沙也加抬頭看著我，「你願意陪我一起去嗎？」
我舔了舔嘴唇說：「這個星期六有空嗎？」
她吐了一口氣說：「有空。」
「那星期五晚上打電話給我，詳細情況到時候再說。」

「好。」她眨了幾下眼睛，「謝謝你。」

我看著她的左手腕，她可能察覺到我的視線，用右手握住了左手腕，我移開了視線。

「要不要搭計程車回家？我送你。」她用比剛才稍微開朗的聲音說。

「不用了，謝謝。」

「是喔……」

我轉身離開，在飯店前準備過馬路時回頭一看，發現她仍然看著我，我對她輕輕揮了揮手。

3

幾朵很有立體感的雲浮在藍天中，今天的天氣應該會很熱。我拉起蕾絲窗簾遮住光線，在起床時嘀咕道。一定是昨晚喝太多白蘭地，所以腦袋有點昏昏沉沉，但想到今天的行程，腦袋就很清醒，根本無法入睡。

早上七點就醒了，平時很難想像自己竟然這麼早起床。稍微活動筋骨後，花了很長時間刷牙、洗臉，但也只過了十五分鐘而已。我沒有吃早餐，打算八點出門。

我把報紙從頭看到尾，直到看電視節目表時，才終於快八點了，但正當我準備出發時，發現東西沒帶齊，結果出門時有點手忙腳亂。

開車沿著環七大道南下，經過高圓寺，抄捷徑來到甲州街道，然後一路向西。星期六遇到這種好天氣，出遊的人很多，前後都擠滿了只有在假日才偶爾開車的人。

經過環八大道後又開了幾分鐘，左側出現了「樂雅樂餐廳」的看板。我把車子停進停車場，走進餐廳。沙也加坐在窗邊的座位。

「妳等很久了嗎？」我看到她面前的杯子已經空了，問道。

沙也加搖了搖頭，「我太早到了，原本以為路上會更塞車。」

我們昨晚通電話，約定她搭計程車來這裡，我來這裡接她。

我點了咖啡和三明治，她加點了冰淇淋。

「幸好今天天氣很棒。」我抬頭看著窗外的天空說。

「但天氣預報說，晚上會下雨。」

「是嗎？」

「對，我打電話聽了長野的天氣預報。」

「妳真聰明。」

那一帶的天氣的確很容易發生變化。我暗自想著，不經意地看著她，發現她帶的ＬＶ皮包鼓鼓的。我們昨晚就約定，今天晚上就回來，但即使是當天回來，女生出門也需要帶這麼多東西嗎？我忍不住有點納悶，只是問她這個問題也很奇怪，所以就沒有說出口。皮包旁放了一個紙袋，裡面裝的應該是相冊吧。她昨晚在電話中說，今天會帶來。

女服務生走了過來，把我們點的餐點放在桌上。我喝著咖啡，把三明治吞下肚，不時瞥著沙也加用冰淇淋匙吃冰淇淋的樣子。她伸出粉紅色舌頭舔冰淇淋的樣子和以前完全一樣。

我看向她的左手腕。她今天戴了一個和上次不同的手錶，可能寬版的皮錶帶更容易遮住傷痕。

吃完早餐後，我們立刻出發，沿著甲州街道一路向西，很快就看到了調布交流道的標示。

「我帶了ＣＤ來，現在可以聽嗎？」駛上中央高速公路，時速保持一百公里後，沙也加委婉地問。我的車上有ＣＤ播放器。

「好啊，什麼音樂？」我在發問時心想，該不會是松任谷由實的歌吧，以前她經常聽這位歌手的歌。

車內音響傳來皇后樂團的歌，但主唱並不是皇后樂團。沙也加說，是喬治・

麥可。

「妳還聽哪些歌手的歌？」

「邦喬飛吧。」她回答。原來她喜歡的音樂改變了。我們之間的確存在一段空白的時光。

塞車沒有原本想像的那麼嚴重，一個多小時後，就到了須玉。因為有很多車子往清里的方向，所以在收費站前塞了一段時間。大部分都是男女二人組，在別人眼中，我們應該也是週末來這裡住一晚旅行的情侶。事實上，我們在學生時代的確在清里住過。我記得在一家看起來像是繪本中會出現的歐式民宿內，吃了不怎麼好吃的法國菜，那裡的手工香腸超級難吃。

當我們和其他車子一起沿著兩旁有著銀杏樹的國道一四一號線，也就是俗稱的清里線開始北上時，坐在旁邊的沙也加小聲笑了起來。

「怎麼了？」我問她。

「我記得我們之前來這裡時的事，我們不是住在一家叫什麼的民宿嗎？」

「嗯……」我也想起來了，但我把這句話吞了下去。

「那次一看到民宿的房子，你就轉身想逃，說不喜歡這種好像賓館的地方。」

「好像有這麼一回事。」我皮笑肉不笑地說。

「雖然最後還是住了，但隔天走在清里的街上時更驚訝，因為有一整排很俗豔的禮品店。」

「真是太可怕了。」

「結果你一直吵著要趕快回家、趕快回家，最後連伴手禮都沒買。」

「光是走在那裡，就覺得很丟臉。」

「的確有點太誇張了。」

我們很不自在地笑了笑，我思考著到底該不該問她：「要不要先去清里看看？」但最後還是沒有問出口，用力踩下油門。

不一會兒，道路兩旁出現了裝潢花稍的咖啡店，和以當紅藝人為名的商店。和當年一樣，正在建造的建築物也有相同的感覺，顯然這種傾向日後也不會改變。

車子又開了一陣子，左側出現了一條岔路。轉入那條岔路，就是我們以前去過的清里，但我毫不猶豫地繼續往前開。

「妳爸爸每次都是開車出門嗎？」

「對啊，因為他是計程車司機啊。」

我想來了，在讀高中時曾經聽她說過。

「如果冬天來這一帶，應該需要用輪胎鏈吧。」

「我爸爸好像一直把輪胎鏈放在後車箱，我以為他是有備無患，擔心突然遇到大雪。」

「也許是為了隨時可以來這裡。」

「對啊。」沙也加點了點頭。

沿途兩側都綠意盎然，但經過小海線的平交道後，民宅越來越多，十幾個小學生列隊走在街上。

穿越海口鎮，繼續開了十分鐘左右，道路上方出現了松原湖入口的指標。繼續往前開，前方出現了用向右的箭頭，指向松原湖車站，我在街角向右轉。

松原湖車站並不大，看起來像是倉庫。入口上方有一塊用黑色毛筆寫著「松原湖站」的木製看板，釘木看板的釘子已經生鏽。昏暗的候車室比我在學生時代租的套房更小，角落的書架上放了幾本《少年JUMP》和《少女FRIEND》。

牆上貼著手寫的時間表，每隔一個半小時才有一班電車。可能電車剛離開，候車室和月台上都沒有人。我和沙也加經過無人的驗票口，來到月台上，單線軌道看起來很有異國情調。

「可不可以給我看一下那張地圖？」我對沙也加說，她從皮包裡拿出那張泛黃的紙。

地圖上畫著從松原湖車站前往左上方黑點的示意圖，必須經過曲折蜿蜒的小路，才能到達目的地，中途還有「三棵松」或是「石碑」等標記，離目的地最近的標記是「獅子」。我當然不知道代表什麼意思，但應該和那把獅子鑰匙相對應吧。

「總之，只能先去看看。」我自言自語著。

「是啊。」身旁的沙也加回答我。

我們從車站再度駛上國道，向清里的方向開了一會兒，按照地圖的指示，在十字路口右轉。從這裡開始，有很多坡度很陡的上坡道。

車子很快就來到往稻子湯和松原湖的路口，我們轉入往松原湖的那條路。不一會兒，就看到右側出現了一座不大的湖，附近有免費停車場和住宿的地方，但即使是週末，也不怎麼熱鬧。

繼續往前行駛，民宅越來越少，前方出現了一片樹林，樹林入口有三棵松樹。這應該就是「三棵松」吧。我毫不猶豫地把車開進了樹林。

按照地圖，這片樹林中應該有「石碑」的標記，只要沿著石碑標記旁的小路前進，但只能且看且走了。前方出現了連續彎道，在彎道結束後，是新整修的道路，道路旁出現了等間隔的岔路。我們走進其中一條岔路，發現在鬱鬱蒼蒼的樹林深處有歐式建築和小木屋。這一帶似乎是別墅區。道路交叉處有一面看板，看了看板上的示意圖發現，這附近的樹林都分割成整齊的棋盤狀，每條路都取了很時尚的名字。

「我不知道這一帶是別墅區，」沙也加說：「地圖上的黑點也是別墅嗎？」

「也許吧，先不管這個，『石碑』在哪裡？」

「我想應該不在這附近。如果是這一帶，比起不容易找到的標記，寫下路名更容易找到。」

「也對。那我們往回走。」

穿越樹林後，我們沿著來路折返。從車上看到好幾棟別墅，但幾乎所有的房子都沒人。

離開別墅區後，稍微往回開了一段路。當車子行駛在樹林中時，沙也加突然叫了起來：「啊，那個！」我放慢了車速，看著她手指的方向，發現路旁有一塊差不多一公尺高的長方形石塊幾乎被雜草淹沒了。那應該是本身就在那裡的石頭，但看起來也有點像石碑，旁邊也有一條小路。只不過路真的很小，路面也整修得不是很平整，如果不是好奇心很強的人應該不會走進去。

「好像是這條路，」我說：「那我們進去看一看。」

輪胎在滿是坑洞的路上發出尖銳的摩擦聲，開了一小段路後，用水泥隨便鋪一下的路面突然結束，前方有一棟搖搖欲墜的房子，好像是某家公司的倉庫。

我把車子繼續往前開，小路兩旁雜草叢生，雜草擦著車身。

我們終於來到Y字形路口。和地圖上完全一樣。我停下車，觀察了周圍。這裡應該有最後一個標記。

右側有一個小路標，只是路標上沒有寫字，用白色油漆畫著什麼。雖然油漆剝落，看不太清楚，但應該是把頭轉向側面的獅子。我什麼都沒說，把方向盤轉向那個方向。沙也加沒有說話。

前進了大約十公尺左右，左側出現了一棟建築物。那是一棟灰色的房子，周圍長滿了灌木和雜草，遠遠地只能看到二樓以上的部分。

路到了盡頭，我把車子停在房子前，熄了引擎，隔著擋風玻璃看著眼前的房子。

4

雖然房子看起來是灰色，但原本應該是白色。巨大的尖屋頂伸向天空，三角形屋頂上有兩個閣樓窗戶，在兩扇窗戶中間的位置豎了一根四角柱形的煙囪。

房子周圍沒有圍籬，卻用紅磚砌了一道簡單的大門，鋪著水泥的通道從大門延伸向門廊。
我們下車走向房子，一樓所有窗戶外的百葉窗都緊閉著。
房子左端稍微內縮，前方是寬敞的門廊。門廊的盡頭是一道和牆壁顏色相同的灰色門，左側一公尺左右的部分比門稍微突出。門的上方和旁邊都沒有掛門牌。
「看起來不像有人住在裡面，」沙也加走到我旁邊說：「果然是別墅嗎？」
「感覺很像。」
因為找不到門鈴，所以我右手握拳敲了三次門。只聽到乾澀堅硬的聲音，我的拳頭碰到的地方清楚留下了灰塵掉落的痕跡。
果然不出所料，屋內沒有任何反應。我和沙也加互看了一眼，聳了聳肩。
「要不要用那把鑰匙試一試？」我提議道。
「好。」沙也加表示同意，從皮包裡拿出那把銅鑰匙，我接了過來。
門的左側有一個門把，鑰匙孔在門把下方。我拿著鑰匙伸向鑰匙孔，但準備插鑰匙時停了下來。
「不，鑰匙不對。」我說。
「不對？」
「鑰匙孔不一樣，這把鑰匙不是用來開這道門的。」我試著把鑰匙插進鑰匙孔內，但鑰匙比鑰匙孔更大，插不進去，「果然不對。」

「怎麼會這樣……」沙也加一臉困惑地抬頭看著我，「都已經來到這裡了，鑰匙居然不對，那地圖和鑰匙完全沒有關係嗎？」

「不，我不認為沒有關係。」

我從門前離開，決定在房子周圍觀察一下。屋後就是樹林，無數樹枝向屋頂上方生長。

我發現屋後剛好和玄關相對的位置，裝了一塊差不多像門一樣大小的金屬板，其中一側裝了鉸鏈，所以應該可以打開。

「會不會是儲藏室？」站在我身旁的沙也加問。

「也許吧，但要怎麼打開？」

門上沒有把手之類的東西，但在裝門把的位置有一塊手掌大小的黃銅板，而且黃銅板和剛才的路標牌子一樣，雕了一個把頭轉向側面的獅子。

「這是什麼？」沙也加伸手摸著那塊黃銅板，當她的手在表面移動時，黃銅板微微向側面移動。她「啊」地叫了一聲。

我用力把黃銅板推向一旁，可能很久沒有人碰過這塊板，所以卡得很緊，雖然發出吱吱咯咯的聲音，但還是順利移開了。黃銅板下竟然出現了鑰匙孔。我們再度互看了一眼。

我按捺著激動心情，把獅子鑰匙插進孔內。鑰匙和鑰匙孔完全一致。我試著將鑰匙緩緩向右轉。雖然沒有任何聲音，但手腕可以感受到門鎖打開的感覺。

我想把鑰匙拔出來，卻拔不出來，金屬門發出嘰嘰的聲音拉開了。

門內是通往地下室的樓梯。樓梯深處一片漆黑，什麼都看不到。

「是地下室嗎？」

沙也加把鑰匙轉向相反方向，從鑰匙孔內拔了出來，然後看著鑰匙說：

「為什麼我爸爸有的不是正門的鑰匙，而是有通往地下室的門鑰匙？」

「這不是我們接下來要查的事嗎？」

聽到我這麼說，她用力深呼吸後，吐了一口氣。「也對。」

「那要不要進去看看？」

「就這樣擅自進去嗎？」

我對她露出戲謔的表情，「不然要問誰呢？」

她輕輕地點了點頭，似乎覺得我言之有理。

「進去囉。」

「等一下。」沙也加抓住我的右臂，低頭閉上了眼睛。她在調整呼吸。「對不起，我有點害怕。」

「那要不要我先進去看看？」

「不，」她搖了搖頭，「我也去，因為這是我的問題，是我想要找到答案。」

「也對。」我說。

我從車上拿了手電筒，走向通往地下室的樓梯。冰冷的空氣從腳底爬了上來，隱約聞到了灰塵和發霉的味道。

樓梯盡頭是差不多半張榻榻米大的空間，旁邊有一道門，上面有L字形的把手。我用手電筒照著門，緩緩轉動把手，手上有門鎖鬆開的感覺，往裡面一推，門就打開了。

這個長方形的房間大約有數坪的空間，四周都是水泥牆壁。蜘蛛網從天花板上垂了下來，牆壁因為發霉而變黑了。地上堆著木材和磚塊，可能是建造這個房子時剩下的建築材料。

室內並排放了兩個十八公升的燈油桶，我試著拎了一下。其中一個是空的，另一個還有少量燈油。

我想打開燈，但牆上找不到開關。這也難怪，因為天花板上完全沒有燈泡，甚至連裝燈泡的燈泡座也沒有。

「這棟房子的屋主來這裡時，也要用手電筒嗎？」我問。沙也加微微偏著頭。房間深處還有另一個小房間，兩個房間之間裝了落地鋁門。打開一看，是通往樓上的樓梯，在屋內時，可以沿著這個樓梯來到地下室。這裡似乎已經很久沒人走動，樓梯上積了厚厚一層灰。

「有人在嗎？」我對著樓上叫了一聲，我的聲音在樓梯上方的空間產生了回音，但沒有人回答。「果然沒有人在家，我們上去看看。」

樓梯上鋪著地毯，照理說應該脫下鞋子，但我直接踩了上去。

「穿鞋子上去沒關係嗎？」沙也加擔心地問。

「如果妳不想穿鞋子，我也沒有意見，只是妳的襪子會變髒。」

她猶豫了一下，最後穿著球鞋，跟著我走上了樓梯。

走上樓梯後，發現是一條兩側都是牆壁的走廊。走廊並不長，走廊盡頭和盡頭前方的側面各有一道木門，牆上有一扇鋁窗，外側的百葉窗都關著，擋住了光線。樓梯繼續通往二樓。

我打開窗戶，也打開了對開式的百葉窗，雖然陽光沒有照進來，但比剛才亮多了，連深綠色壁紙上的小花圖案也可以看得很清楚。窗戶另一側的牆壁掛著圓形畫框，裡面是一幅水果畫。

來到走廊盡頭，握住門把，緩緩打開門，蜘蛛網在我面前垂了下來。我嚇了一跳，身體往後一縮，然後看向室內，在昏暗狹小的房間中央，看到一個白色的馬桶。

我回頭看著沙也加苦笑說：「沒想到第一個打開的房間是廁所。」

「反正每棟房子都有啦。」她也笑了笑。

「那倒是。」

馬桶前方有一個洗臉台，我轉動了水龍頭，一滴水都沒有。

「看來廁所也沒辦法用了。」聽到我這麼說，沙也加露出有點尷尬的表情。

關上廁所門，我伸手抓住另一道門上的門把。轉動後推了一下，門發出吱吱咯咯的聲音後打開了。我的臉頰可以感受到空氣的流動，可能是長時間的密閉終於獲得了解放。

我們來到玄關大廳，右側是玄關，玄關有一道鑲了花紋玻璃的門。左側是牆壁，前面有一個兩側有握把的花瓶放在有四隻腳的架子上作為裝飾。也就是說，如果從玄關進來，玄關大廳的左右兩側都有一道門，正面是花瓶。

「妳可不可以把玄關的門打開，等一下出入比較方便。」

「好啊。」

沙也加跨過積了厚厚一層灰塵，已經看不到原來圖案的腳踏墊，走去脫鞋處。

我打開玄關旁鞋櫃的門，檢查了裡面的鞋子。鞋櫃內只有兩雙球鞋、一雙黑色皮鞋，和一雙棕色女鞋，鞋櫃外沒有任何鞋子。這麼大的房子只有四雙鞋子未免太奇怪了。當然，如果沒有人住在這裡就另當別論了。

「呃，那個……」沙也加開了口。

「怎麼了？門鎖打不開嗎？」

「不是。門鎖打開了，」她嘎答嘎答轉動著門鎖，「鎖打開了，但門打不開。」

「啊？什麼意思？」我用手電筒照著門，忍不住叫了起來。「怎麼會這樣？」

因為門的四周用很粗的螺栓和螺母鎖住了，根本不可能打開。

「為什麼要這麼做？」

「不知道。」我雙手扠腰，打量著看起來很牢固的螺栓和螺母。「只不過有一件事很清楚，我們剛才走的那個通往地下室的門，是出入這棟房子的唯一出入口，所以，我們拿到的獅子鑰匙也是那道門的。」

「為什麼要做這麼麻煩的事……」

「可能是防止別人隨意闖入吧，只是這麼一來，屋主自己出入時，也會很不方便。」

我抱著雙臂思考著，卻想不到任何合理的解答。無奈之下，只好看著鞋櫃上方的畫框。畫框內有一幅港口的畫，有艘帆船停在港邊。我突然有一種奇妙的感覺，但我自己也不知道哪裡讓我產生這種不對勁的感覺。

「要不要去房間看看？」沙也加問，打斷了我的思考。

「好啊，進去看看。」

我們再度穿著鞋子來到玄關大廳，推開裝有雕花玻璃的那道門。那道門發出吱吱咯咯的聲音打開了。

那裡是客廳，因為是挑高的空間，所以天花板很高，中央放著沙發和茶几，牆壁前放著鋼琴，角落有一個紅磚暖爐。暖爐上方有煙囪管，應該通往屋頂的煙囪。

門旁的牆壁有三個開關，我同時按了下去，但是燈都沒有亮。如果只是因為關掉電源總開關，問題還不大，萬一和自來水一樣，供電也被切斷就慘了。

我用手電筒照著腳下，走進了室內。地上鋪著厚實的地毯，感覺很溫暖。室內有一種讓人忍不住屏氣斂息的感覺。

「太暗了，好可怕。」沙也加仍然抓著我的手臂。

「把窗戶打開吧。」

應該是南側的方位有兩扇很大的鋁窗。打開窗戶後，又打開了外面的百葉窗。

原本以為刺眼的陽光會照進來，沒想到陽光並沒有很強烈。天空不知道什麼時候變得陰沉起來，我想起沙也加上午說，晚上可能會下雨。

客廳變亮了，已經不需要手電筒了。我再度打量著室內。茶几和鋼琴都積滿灰塵，鋼琴上坐了一個身穿胭脂色衣服的法國人偶。人偶是長頭髮的女生，一雙大眼睛看著室內，她的頭髮和肩上也都積了薄薄一層灰。

從門口到目前所站的位置之間，留下了我們兩個人的腳印，並沒有第三人的腳印。也就是說，已經很久沒有人進來這裡了。

窗戶上方掛了一個圓形時鐘，停在十一點十分的位置。我看了自己的手錶。一點零五分。

沙也加走到鋼琴前，看著架在鋼琴上方的樂譜。樂譜也因為灰塵變了色。

「是拜爾教本。」她小聲說道，我也知道那是鋼琴初學者用的教本。

「這個家裡有人開始學鋼琴嗎？或者應該說，曾經住在這裡的人。」

沙也加皺著眉頭翻著樂譜，除了翻開的那一頁以外，其他都像新的一樣潔白，只有邊緣有點泛黃。

「好奇妙的房子，」我說，「至少有一件事很明確，已經很久沒有人住在這裡了，但也不像是別墅。」

沙也加沒有回答，兩眼始終注視著樂譜。

「樂譜怎麼了嗎？」我問她。

她仍然沒有吭氣，但隨即好像忍著頭痛般用力皺著眉頭，指尖按著太陽穴。

我沒有再對她說話，注視著她的表情，忍不住有點緊張。我以為才剛來到這裡，就立刻出現了成果。

但她隨即放下雙手，可以感受到她全身都放鬆了。

「沙也加……」

「對不起。」她看著我道歉，「我覺得似乎可以想起什麼，但好像是錯覺，抱歉讓你失望了。」

「現在還不知道是不是錯覺，」我說：「不必著急，反正還有充裕的時間。」

「對啊，但這種好像鬼屋的地方真的會有什麼嗎？即使真的有，我們能夠找到嗎？雖然我硬拉你來這裡，現在不應該說這種喪氣話。」

「我早就做好了心理準備，事情不可能這麼簡單，」我指著她的頭說：「畢竟隔了二十多年，現在才想試著打開那裡的鎖。」

沙也加摸著自己的頭，無力地笑著說：「希望沒有生鏽。」

我不經意地看向鋼琴，和人偶視線交會，心陡然一沉。

5

我們又打開隔壁房間的門。門內是一條一公尺左右的廊道，廊道前方是餐廳。餐廳內放了一張四人座的餐桌，桌上放著觀賞植物的盆栽，植物當然是假的。

牆邊是L形的廚房，流理台上放著兩組咖啡杯和杯托，有一種時間好像在這裡突然中斷的感覺。

流理台旁是一台舊式的雙門冰箱，冰箱旁有一個碗櫃。碗櫃內放著大小餐盤、咖啡杯、茶杯和小碗。我又打開碗櫃的抽屜，裡面的刀叉發出黯淡的光。

餐桌旁有一個雜誌架，裡面放了一本雜誌。拿起來一看，是一本有很多蒸氣火車相片的雜誌。一看發行日期，發現是二十年前的。

「這麼久以前的雜誌，為什麼會放在這裡？」聽到我的問題，沙也加也偏著頭納悶。

我翻到雜誌最後一頁，發現用鉛筆小小地寫著「￥500」，終於解開了我的疑問。

「這是在二手書店買的，可能有人喜歡蒸氣火車吧。」我把雜誌放回雜誌架。

「但這樣很奇怪。」
「怎麼奇怪？」
「會把自己喜歡的書放在餐廳的雜誌架上嗎？」
我一時答不上來，但隨即輕鬆地回答：「可能是個人的習慣吧。」
沙也加沒有再說什麼。
廚房對面有一道紙拉門，打開一看，裡面是六張榻榻米大的和室，角落有一個壁龕，牆上的掛軸是一幅水墨畫，我看不出來值不值錢。房間中央有一張小型矮桌。
我很排斥穿著鞋子在榻榻米上走路，於是在拉門前脫下了鞋子。榻榻米又濕又冷，幸好沒有發霉。
我打開了窗戶。一樓終於不需要用手電筒了。
矮桌上鋪了一小塊桌布，上面放著金屬菸灰缸和鐵製菸盒。我打開菸盒的蓋子，裡面有十支菸，是「峰」牌香菸。
「現在也有『峰』牌香菸嗎？」我一邊問，一邊拿出一支聞了聞，幾乎沒有菸草的香味。
「你過來一下。」正在餐廳的沙也加叫著我。
「怎麼了？」我走出和室，穿上鞋子。

「你看這個。」她指向通往客廳那道門的上方。那裡有一個八角形的掛鐘，並沒有什麼不對勁。

「鐘怎麼了？」

「你不覺得很奇怪嗎？」她說：「這個鐘也指向十一點十分，和剛才客廳的鐘一樣。」

「對喔……」我打開門，再度看著客廳的時鐘。沙也加說的沒錯。

「你覺得這是怎麼回事？兩個鐘通常不可能停在相同的時間吧？」

「不能說完全沒有可能，如果連幾分鐘都相同的話，機率是七百二十分之一，」我用十二乘以六十來計算，「但這應該是人為的。」

「十一點十分有什麼意義嗎？」

「應該吧。之前有人住在這裡時，這兩個鐘應該都在走動。」

這兩個鐘都是裝電池的，可能屋主最後離開這裡時，把電池拔掉了，所以兩個鐘都指向十一點十分──。

當我在腦海中想像這個行為時，莫名地感到不安。正因為搞不清楚狀況，所以更加心神不寧。

「先去二樓看看。」聽到我的提議，沙也加一臉無法釋懷的表情點了點頭。

我們從客廳經過玄關大廳，回到剛才的樓梯。我在樓梯旁發現了電源總開關。原本期待終於可以消除沒有燈光的不方便，但打開開關後，仍然沒有供電的現象。

「真傷腦筋，」我嘆了一口氣，「屋主似乎已經放棄這棟房子了。」

「不打算再住回來嗎？」

「感覺是這樣，水也停了。」

我用手電筒照著腳下走上樓梯後，左側有一道門，右側是一條狹窄的走廊。二樓安靜得好像身處海底世界。

我先打開旁邊那道門。原本以為裡面會一片漆黑，沒想到有光照進房間。正前方是窗戶，從那裡可以看到下方的客廳。剛才的圓形掛鐘就在斜下方。

房間大約有四張半榻榻米大小，窗邊放著書桌，左右兩側牆邊分別放著床和書架。床上鋪著綠色和藍色格子的床罩。我輕輕吸了一口氣，已經有好幾年沒有人出入、略帶霉味的空氣鑽進鼻子。

「這裡應該是小孩子的房間。」我根據床鋪的大小做出判斷。

「對，而且是男生。」沙也加說。

「男生？為什麼？」

「因為你看那個啊，」她指著掛在桌旁的皮書包，「男生規定用黑色書包。」

「原來如此，」我點頭表示同意，但隨即歪著腦袋，「既然這裡有書包，就代表不是別墅，而是這家人住在這裡。」

「然後突然去了某個地方嗎？」

「目前的情況只能這麼想。」

室內還有多東西顯示這是男生的房間。棒球手套掉在床下，桌上有軟塑膠的怪獸玩具。棒球手套積滿了灰塵，但看起來幾乎沒用過。

書架上有很多蒸氣火車的雜誌，餐廳雜誌架內的那本雜誌，可能就是住在這個房間的男孩的。除了蒸氣火車雜誌以外，還有一整排百科全書，算了一下，總共有二十四本。除此以外，還有二十本知名兒童文學書，全都是精裝版。還有十本小學六年級的學習參考書和幾本圖鑑、寫真集，沒有一本漫畫。

「這個房間的主人住在這裡時，似乎讀小學六年級。從他的書架來看，感覺是優等生。」

「好像的確是優等生。」沙也加看著書桌說道。書桌上攤著書和練習簿，練習簿上放著削好的鉛筆和橡皮擦，旁邊有一個塑膠筆筒。

「感覺好像功課做到一半。」

「功課做到一半，就走出房間，然後就沒有再回來……嗎？」

「不知道，我只是根據目前的狀況判斷。」

我想起廚房內放在外面的咖啡杯，和眼前的狀況同樣奇怪。好像時間在這棟房子內停止了。

「感覺有點毛毛的，」沙也加雙手搓著手臂，「住在這裡的人搬走當然沒問題，但怎麼會好像事情做到一半……」

「可能有緊急狀況，所以來不及收拾就離開了。比方說，夜逃之類的。」

「如果是夜逃，應該會帶書包和教科書吧？因為不知道之後什麼時候可以再上學，至少在此之前先自學，所以家長一定會叫孩子帶上。我朋友在小額貸款公司上班，以前曾經聽她說過。」

「聽妳這麼一說，好像的確有道理。」

我挪開書桌前的椅子，打開中間的抽屜。裡面放著圓規、尺等文具。另外兩個抽屜中，其中一個放新的練習簿，另一個放著蠟筆和顏料。

沙也加拿起攤在桌上的課本。那是數學課本，封面上畫著幾何圖案。

「啊！」她看到封底時輕輕叫了一聲，然後拿到我面前。上面有印刷日期。看了之後，我才知道她驚叫的理由。那是二十三年前的日期。

我們無言地相互凝視。我在她眼中看到窗框。

「不可能，」我說：「如果這棟房子二十三年沒有人住，應該更破爛。目前的狀態最多只有兩、三年沒人住而已。」

「但這個房間的主人的確是二十三年前離開的。」

「不能光從課本的日期來判斷。」我翻著課本，然後把手伸向練習簿。當我把上面的鉛筆拿開時，只有那裡沒有灰塵。

翻開的那一頁上用鉛筆寫著「如果都是鹿，有4×26＝104隻腳，因為總共有八十四雙鞋子，少了104-84＝20雙，所以20÷2＝10，總共有十隻猴子。」也就是「雞兔同籠」的題目，這道題用鹿和猴子代替了兔子和雞。

我繼續往前翻，發現每一頁都寫滿了算術計算題。雖然字寫得並不好看，但不至於太潦草，而且完全沒有錯字或漏字。由此可以證明，之前住在這裡的是一名優秀的兒童。

最後看了一眼封面，忍不住愣了一下。

算數　六年一班　御廚佑介——封面上這麼寫著。

我拿給沙也加看，她也盯著名字看。

「妳聽過這個名字嗎？」我問她。

「御廚、佑介。」她一個字、一個字地唸出聲音，閉上了眼睛。她似乎在拚命回想。

「有沒有聽——」

「對不起，你先不要說話。」她打斷了我，我只好閉上嘴巴。

兩、三分鐘過去了，她用力吐了一口氣，搖了搖頭。

「不行，完全想不起來。」

「妳對這個名字似曾相識嗎？」

「對，但可能只是心理作用，也可能和相似的名字混淆了。」她皺著眉頭，用指尖按著太陽穴。

「會不會妳父親曾經提過這個名字？」

「也許吧，但是……我也不太清楚。」她用力撥著頭髮。

「沒關係，」我拍著她的肩膀，「總之，現在知道以前住在這裡的人姓御廚，我們再去看其他的房間。」

「好。」

我們把練習簿和課本留在桌上，走出了房間。

來到走廊後，我們繼續走向走廊深處。走廊盡頭有一道門，打開一看，裡面充滿帶著霉味的空氣。雖然關著窗戶，但房間內並沒有一片漆黑。和一樓不同，這裡的窗戶外沒有裝百葉窗，只有窗簾拉起而已。我用手電筒照了一下，最先看到掛在牆上的一套西裝，以為有一個人站在那裡，嚇了一大跳。站在我身旁的沙也加似乎也有相同的感覺，輕輕叫了一聲。

我把手電筒晃了一下，看到一張安樂椅，接著看到牆邊有兩張床。窗邊放著天文望遠鏡，牆上的污漬形成可怕的圖案。經過漫長的歲月，所有的一切都慢慢腐朽，這個家原本有的溫暖都完全被帶走了。

「這裡感覺像是父母的房間。」沙也加在我身後說。

「所以，住在這裡的是一家三口。」說完，我走進房間，拉開窗簾，打開了窗戶。潮濕的空氣吹了進來，揚起了灰塵。

沙也加走到安樂椅旁，把什麼東西拿了起來。看起來像是破抹布，但並不是抹布。有一條線拖了下來，那條線和地上的毛線球連在一起。雖然看起來像是藍灰色，但原本可能是鮮豔的藍色。「可能在織圍巾吧。」

「不是圍巾，應該是毛衣。」沙也加說，然後遞到我面前，「你看，不是織成一圈嗎？這是脖子的部分。」

「這麼小。」

「是給小孩子穿的，可能是織給她兒子吧。」

「佑介的毛衣嗎？」

「八成是，」沙也加小心翼翼地放回安樂椅，「佑介的媽媽也是毛線打了一半就消失了嗎？」

「看來是這樣。」

可能是因為沙也加碰到的關係，安樂椅微微搖晃起來。我發現這是我們走進這棟房子後，第一次在屋內感受到動靜。

我再度巡視室內。有一個書架，但書架上只有幾本書而已。這對父母似乎並沒有兒子那麼喜歡看書。我這麼想著走到書架前，看了封面，不禁有點意外。除了六法全書以外，還有民法、刑法等法律相關的專業書籍。所以，父親的職業是法律專家嗎？果真如此的話，書架上的書也未免太少了。

「真是搞不懂。」我說，「這裡的確有人住過的痕跡，但總覺得好像缺了什麼重要的東西。該怎麼說呢？我說不太清楚，反正感覺好像有某種偏差。」

「我也有同感……」沙也加走到牆邊的小桌前，上面放著書擋，有幾本看起來像是專業書的書籍，但她對那些書並沒有興趣，打開了最上方的抽屜，從裡面拿出什麼東西。

「裡面有什麼？」我問。

「眼鏡。」她對著我舉起圓形的銀框眼鏡後，看了一下鏡片，露出有點訝異的表情。

「好像是老花眼鏡。」

「是喔。」

我走到她身旁，從她手上接過眼鏡。那的確是凸鏡片，雖然眼鏡的主人也可能是遠視，但更可能是上了年紀後，才生下佑介這個獨生子。

「還有沒有其他令人在意的東西？」我指著抽屜問。

「其他的……」她把手伸進抽屜，拿出一個有鍊子的金屬製品。我立刻知道那是什麼。

「難得有人用懷錶。」

「有蓋子。要怎麼打開呢？啊，應該是這個。」她用大拇指按著旁邊的金屬扣，立刻打開了蓋子，懷錶上的灰塵也揚了起來。她的臉稍微退後，避開那些灰塵，但一看錶面，立刻僵在那裡，眼睛一眨也不眨。

「怎麼了？」我問她。

她緩緩把錶面出示在我面前。白色錶面上是希臘數字，像是手工製作的纖細時針、分針和秒針停在那裡。

三根針指向十一點十分。

6

坐在咖啡店內，前方的松樹擋住視線，無法看到松原湖的全景。鴨子形狀的腳踏船不時從松樹的縫隙中經過。雖然是週末，客人卻不多，不知道是因為淡季，還是今天天氣不好的關係，抑或是這裡的生意本來就很冷清。老闆娘正站在咖啡店吧檯內，從她的態度看來，今天的生意似乎也不算特別差。只要來十幾個客人，就會把這家咖啡店坐滿，目前除了我們以外，還有一對情侶和一桌家庭客。

我們離開那棟房子，出門吃午餐，沿路尋找餐廳，最後來到松原湖的湖畔。

「好了，」我吃完炸豬排咖哩，又喝了一口咖啡後說：「那棟房子到底是怎麼回事？」

「御廚佑介和他的父母住在那裡，有一天突然不見了。我們目前只知道這些情況。」沙也加回答說。她還剩下三分之一的蝦仁炒飯和半杯奶茶。

「不，如果是判斷的材料，還不止這些。首先，妳父親有地下室入口的鑰匙，另外，十一點十分這個時間似乎對那棟房子有某種特殊的意義。」

「還有佑介的母親很會打毛線，父親戴著老花眼鏡看法律相關書籍？」

「沒錯沒錯，」我點了點頭，又補充說：「當然，也可能是父親很擅長打毛線，母親是法律專家。」

沙也加聳了一下肩膀，吐了一口氣，「但完全搞不清楚到底是什麼狀況。只知道我爸爸有時候會去那棟房子，但完全猜不透他去幹什麼……」

「那裡感覺不像是作為別墅使用。」

中年老闆娘從吧檯內走出來，收走我面前的咖哩餐盤，為我們的杯子中加了水。她穿著polo衫和牛仔褲，一身輕鬆打扮，但戴著一副三角形的眼鏡，感覺像是對兒女的教育很嚴格的虎媽。

「老闆娘，請問妳住在這附近嗎？」我突然想到可以向老闆娘打聽，她一邊擦著吧檯，一邊問：「你是問我嗎？」

我把那棟房子的情況告訴她，問她是否知道關於那棟房子的事。但她似乎根本不知道有那棟房子。

「是在別墅區嗎？」老闆娘問。

「不，在不到別墅區的地方，左側有一條彎曲的小路，就在小路盡頭。」

「那裡有房子嗎？」她偏著頭，走進吧檯內，然後打開後方的門，對著門內重複了我剛才的問題。裡面似乎有人。

不一會兒，一個理著五分頭的男人走了出來。他穿著白色短褂，看起來像日本料理的廚師。雖然我搞不懂咖啡店怎麼會有日本料理的廚師。

「有煙囪的白色房子嗎？」男人看向我們的方向。

「對，」我點了點頭，「你知道那棟房子的什麼事嗎？」

「也談不上知道什麼事，只知道那裡有那棟房子。」

「那你知道住在那裡的人叫什麼名字嗎？」

「不，這就完全不知道了，」男人搖了搖頭，「我和朋友曾經聊起那棟房子，不知道那棟房子到底是怎麼回事。雖然建在那裡很多年了，但從來沒有看過有人在那裡生活。聽說以前有人住在那裡，但全家都生病死了，也有人說是有錢人為了節稅建了那棟別墅，然後就丟在那裡。雖然有很多傳聞，到底是什麼情況，就沒人知道了。」

「那棟房子從什麼時候出現在那裡？」

「這就不太清楚了，」男人抱著雙臂，「至少不是這十幾年建的，應該更早之前。搞不好有二十年，不，我真的不太清楚。」

「你剛才說，從來沒有看過有人在那裡生活。」

「對啊，所以才讓人覺得可怕。這一帶有不少這種房子，不久之前，還有某家倒閉公司的療養所呢，除了房子以外，還有游泳池和網球場，房子拆了之後，一直棄置在那裡很長一段時間。」

男人對老闆娘笑了笑，再度看著我們問：「你們和那棟房子有什麼關係？」

「不，並沒有特別關係，只是希望在那棟房子附近進行地質調查，如果你們認識屋主，想要通知他們一下。」

「地質調查？」

「我在大學做研究工作。」我從皮夾裡拿出名片，讓他看我的身分。雖然名片上印著理學院物理系，但他並沒有起疑。

「喔，學者也很辛苦嘛。既然這樣，我認為你可以自由調查，因為那裡真的沒有住人。」

「是嗎？那就這麼辦。」

「嗯，沒問題，沒問題的。」男人連續點了好幾次頭。

從他口中打聽不到進一步的消息，而且咖啡也喝完了，我從皮夾裡拿出錢站了起來。這時，男人突然「啊」了一聲。

「對了，曾經有人看過那裡有人出入。」

「啊？是什麼時候？」

「大概四、五年前吧，我之前工作的壽司店有一個送外賣的，走錯路，跑進那條小路。他說當時有人在那棟房子前。」

「是怎樣的人？」

「我記得他說是一個上了年紀的男人。」

「男人嗎？但既然在那棟房子前，應該不是屋主吧？」

「是啊，我記得他說，那個男人在掃地。」

「掃地？」

「對，拿著掃把。」

這時，沙也加突然插嘴問：「我們可以見見那個送外賣的人嗎？」

可能因為她的語氣太嚴肅了，男人有點被嚇到了。

「他只是打工的，現在早就不在這裡了。」

「是喔……」沙也加看著我。我知道她在想什麼。

我向老闆娘和五分頭的男人道了謝，結完帳。

「那個人應該是我爸爸。」走出咖啡店，回到車上後，沙也加說。

「應該吧。這下子終於解開了一個謎。」

「解開了哪個謎？」

「就是房子內很乾淨這個謎啊。雖然有很多灰塵，但如果那棟房子的主人真的在二十三年前離開，房子應該更加破舊。」

「我爸爸不時去那棟房子，就是為了打掃嗎？」

「或許還有其他目的，只是順便打掃一下吧。」

沙也加連續眨了好幾次眼睛，「我爸爸和那棟房子到底有什麼關係？」

「一定有某種特殊的感情，」我說，「所以即使打掃房子，也沒有動房子裡的東西，無論桌上的練習簿，還是織到一半的毛衣，都保持著那家人住在那裡時的樣子。」

「希望有什麼線索可以知道我爸爸和那家人的關係——」

「先看看妳帶來的相簿吧，也許在舊照片中有拍到那棟房子。」說完，我發動了引擎。

回到那棟灰色的房子，和剛才一樣，經由地下室來到屋內。發現燈油桶旁邊放著裝了蠟燭和火柴的盒子，於是就帶著一起上樓。

雖然還沒到太陽下山的時間，但今天天氣很差，即使打開了窗戶，室內也不夠明亮。我打算在需要點蠟燭之前離開這裡。

我把車上拿來的塑膠布鋪在客廳的沙發上，然後坐在塑膠布上。雖然坐起來不太舒服，但總比坐在灰塵上好。我們用面紙稍微擦掉茶几上的灰塵，把相簿放在上面。

總共有兩本相簿，第一本的封面畫著動物圖案，第二本畫了一個女孩。打開第一頁，正如沙也加之前說的，是她小學入學典禮時拍的相片。她穿著白襯衫和深藍色裙子，背著紅色書包，面對著鏡頭，被陽光刺得有點睜不開眼。

和沙也加牽著手的應該是她的母親。沙也加的母親穿著典雅傳統的套裝，身形消瘦。我想起沙也加曾說，她的母親在她讀小學時就生病去世了。可能那時候身體狀況就已經不甚理想，雖然參加女兒的入學典禮，但臉上也不見喜悅之色，只有顯然剛去過美髮沙龍的髮型格外引人注目。

「我是一個不會笑的小孩。」沙也加說。

「不會笑？為什麼？」

「我也不知道，每一張照片裡的我都不笑。」

我繼續翻著相冊，年幼的沙也加出現在公園、在遊樂園，她臉小、眼睛大，應該比其他孩子更引人注目。

但正如她自己所說，所有相片中都不見她的笑容。她在每張相片中都露出不安的眼神，好像獨自被丟在陌生的世界。

「我不知該說什麼。」我說。

「是喔……」

「妳從來沒有向我提過小時候的事。」我抬起頭說。「雖然我們交往了六年，但我從來不知道妳沒有幼年時代的記憶。」

「因為我們從來沒有聊過這個話題，你也從來沒有和我提過你小時候的事，所以我對你小時候也一無所知。」

「我總覺得我們之間好像有一種默契，不提以前的事。」

「也不提將來的事。」沙也加的語氣有點冷漠。

所以妳才另結新歡嗎？我差一點脫口說出這句話。所以妳才換一個會認真考慮將來的男人嗎？當然，我把這兩句話都吞了下去。

我決定繼續看相簿，希望尋找有沒有哪一張照片拍到了這棟房子。沙也加也在旁邊翻閱另一本相簿。

但是，沒有任何照片拍到這棟房子，也不見像是這附近的地形。

「也許不追溯到妳上小學之前，可能無法瞭解這棟房子和妳父親之間的關係。」

「還有我和這棟房子的關係。」

「沒錯。」

我們決定再檢查一次相簿。沙也加父親的身影從第三頁開始出現，他在每張照片上都穿著短袖襯衫，斜斜地戴著計程車的帽子。有一張他們父女兩人一起站在玄關前拍的照片，可能是她母親拍攝的。那個玄關很熟悉。她家在荻窪，每次約會結束，我都送她回家。照片中和我那時看到的樣子沒有太大的差別，唯一的差別，就是房子比較新。

不對。我立刻否定自己。還有一個不同之處。

「沒有松樹。」

「啊？」

「就是那棵大松樹啊，妳家門口不是種了一棵嗎？我記得很清楚。」

沙也加看了那張照片，立刻點了點頭。

「我記得我上小學之後，才種了那棵樹，再後面一點的照片應該就會拍到。」

我繼續往後翻，看起來像是那年冬天的照片中，拍到了那棵松樹，可見應該是夏天或秋天才種的。

「不知道是因為怎樣的心境變化，才會想到要種松樹。」

「不清楚。」沙也加歪著頭說。

「妳家從很久以前，就一直住在荻窪吧？」我問她。

沙也加沉默了片刻，不發一語地偏著頭。「難道不是嗎？」我問。

「好像不是。」她說話的語氣似乎沒什麼自信。

「是從哪裡搬去荻窪的嗎？」

「我好像這麼聽說，以前住在橫濱。」

「什麼時候搬家的？」

「詳細情況我不太清楚，我只是隱約以為是我嬰兒的時候。」

「但是，」我指著相冊，咚咚地敲了敲，「也許是妳上小學之前才搬來的。搬新家後，想要種棵樹也很正常。」

沙也加露出意外的表情，「我從來沒想過這件事……」

「如果曾經搬家，戶籍謄本上應該會有註記。」

「我記得有，只是沒有仔細看是哪年哪月的哪一天，因為我之前根本沒興趣。」

很有可能。我點了點頭。

「也許在之前住的地方發生了什麼事。」

「讓我記憶消失的事？」

「對。」

沙也加皺著眉頭思考，表情中夾雜著不悅和不安。
「妳知道之前住在橫濱的哪裡嗎？」
「好像是綠區，但也可能不是。」
「妳父母有沒有和妳提過以前住在那裡的情況？」
「沒有，」說完，她嘆了一口氣，「你是不是覺得我很蠢？活到這麼大，竟然連這種事也不知道。」
「不必在意，我對自己的老家也有很多事不知道。或許妳無法相信，我連我爺爺、奶奶叫什麼名字都不知道。」
「我也不知道，因為我從來沒見過他們。」
「我奶奶在我讀中學時才去世，但我仍然不覺得需要知道她的名字，因為只要叫『奶奶』，她就會回答我。」
聽到我無聊的笑話，沙也加終於露出微笑。
「對了，妳家有沒有親戚？」
「好像沒有。因為在我舉行婚禮時，想要所有親戚來一張合影，結果人數太少了，只好請很多朋友一起入鏡充場面。」
「是喔。」我低頭看著相冊，想像著沙也加身穿新娘禮服的樣子，不由地感到呼吸困難。她似乎察覺了我的心情，尷尬地閉上了嘴。我抬起頭，努力露出開朗的表情。「你們在教堂舉辦婚禮嗎？」

「對。」

「我想也是，因為妳穿婚紗應該很好看。」

「也沒有。」沙也加笑了笑。

「但是，女方沒有親戚的話，妳公婆不會覺得很奇怪嗎？」

「不會啊，我婆家反而很高興我家沒有親戚。因為如果有囉嗦的親戚，就會因為規矩不同，在很多事上出現分歧，但我家沒有這方面的困擾。」

「原來如此。」的確很有可能。我點了點頭，伸手拿起第二本相簿。這本相簿的第一頁貼著新年的照片，身穿和服的沙也加渾身不自在地站在神社的鳥居前，但站在她身邊的是之前完全沒有出現過的人物。那個年約七十的老婦人穿著富有光澤的灰色和服。

「這個人是誰？」我指著照片問。

「喔，這個奶奶啊，」沙也加看了照片後笑了起來，「以前經常來我家玩，聽說以前很照顧我爸爸。」

「現在呢？」

「死了，我記得，」她偏著頭想了一下，「好像是我讀中學一年級的時候，我還去參加了她的葬禮。」

我繼續翻著相簿，發現那位老婦人不時出現。

「她叫什麼名字？」

沙也加搖了搖頭，「應該不是我忘了，而是從來就不知道她的名字。就像你剛才說的一樣，只要叫她『奶奶』就好。」

「奶奶……喔。」那位老婦人在每張照片中都穿著看起來很高級的和服，一頭漂亮的銀色頭髮也總是梳得整整齊齊，看起來不像是住在附近，而是出遠門訪客。

「那位奶奶住在哪裡？」

「不知道……」

「妳不是去參加了她的葬禮嗎？去哪裡參加？」

「我爸開車載我去的，所以我也不知道那裡是哪裡。」她的聲音很低沉，「對不起。」

「妳不必道歉。」我苦笑著，繼續翻著相簿。最後一張照片是身穿水手服的沙也加直直地站在玄關前，可能是她準備上中學時拍的。「妳穿水手服很漂亮嘛。」

我用輕鬆的口吻說完，闔起相冊。

「也許……」沙也加開了口，「這棟房子可能就是那位奶奶住的。既然我爸爸會來打掃，就代表他和屋主很熟。除了那位奶奶以外，我想不到還有誰和我爸爸這麼熟。」

「嗯，」我點了點頭，「這個推理很合情合理。」

「不知道有沒有辦法確認。」

「去二樓看看。」我站了起來。

我們決定先去二樓比較大的房間尋找線索。如果沙也加的推理正確，那張相片中的老婦人就是佑介的母親，曾經坐在安樂椅上為佑介織毛衣。二十三年前，佑介是小學六年級的學生，他母親的年紀似乎有點大，但這樣也剛好符合沙也加剛才找到的老花眼鏡。

沙也加在放了那副老花眼鏡和懷錶的抽屜中再度尋找，把鋼筆和放大鏡放在桌上。

我走向掛在牆邊的那套西裝。雖然西裝上積了薄薄一層灰，也已經蟲蛀得很嚴重，但仍然可以看出原本應該是富有光澤的暗褐色面料，上衣內側口袋下方繡著毛筆體的「御廚」兩個字。

接著，我檢查了小型衣櫃。衣櫃裡掛著兩套和外面那套相同的舊西裝，和一套看起來像是上了年紀的女人穿的素雅洋裝。我檢查了西裝的內襯，上面並沒有繡「御廚」的名字。

衣櫃下方有抽屜，我也打開檢查，裡面只有一本聖經。我隨手翻了一下，發現裡面夾了兩張小紙，好像是什麼票根。上面印的字已經變淡了，但隱約可以看到「動物園」三個字，其中一張印著「成人」，另一張印著「兒童」。可能是父子一起去動物園時留下的。

檢查完衣櫃後，繼續檢查壁櫥。壁櫥只有不到半張榻榻米大，和房間的大小相比，收納的空間很小。

壁櫥內放了好幾個小盒子和紙袋，我檢查了每一個盒子和紙袋，但裡面都是空的。

當我把盒子和紙袋拿出來後，發現壁櫥深處有什麼東西。原來是一個深綠色的金屬箱。我伸手想要拿起來，但箱子的重量超乎我的想像。

我挪開堆在前面的盒子和紙袋，才發現那個金屬箱是一個小金庫。這些空盒、空袋只是為了遮住小金庫。我把沙也加叫了過來，讓她看小金庫。

「可以打開嗎？」她問。

我拉了拉金庫門，金庫門文風不動。

「鎖住了。」雖然只是簡單的旋轉式密碼鎖，但並不是隨便猜就能夠打開的。「只能砸破它，但不知道車上的工具能不能砸破。」

「需要密碼之類的東西嗎？」

「是啊，妳父親有沒有告訴妳類似的號碼？」

「沒有。」

「我想也是。」我吐了一口氣，思考著打開金庫的方法。

沙也加在一旁摸著掛在牆上的西裝上衣。「這件西裝真舊啊。」她嘀咕著，不一會兒，聽到她發出「啊」的叫聲。

我看著她問：「怎麼了？」

「裡面有東西，」她把手伸進內側口袋，然後把什麼東西拿了出來。那是一個黑色皮夾。沙也加從裡面拿出幾張鈔票，遞到我面前。有兩張聖德太子的一萬圓紙鈔，和三張伊藤博文的千圓紙鈔。

「這是舊日幣。」我說。

「是什麼時候換上新的肖像？」

「我記得是十二、三年前。」

「那代表至少有十幾年沒有用過這個皮夾了。」
「是啊。」
「啊，還有其他東西。」沙也加從其他口袋中拿出一張相當於半張名片大小的紙。那是一張黑白相片。她仔細端詳後遞給我。
相片上是一個看起來五歲左右的男孩，正在玩沙子，張大眼睛看著鏡頭，看起來聰明機靈。
「是不是佑介？」沙也加問。
「好像是。妳認識嗎？」
「不認識，但是，」她再度拿起相片，偏著頭說：「我覺得好像見過他。」
「可能小時候沒見過，長大以後才認識。在妳認識的男生中，有沒有長得像他的人？」
她又盯著相片看了半晌，最後還是搖了搖頭。「我想不起來……」
「是嗎？對了，那個皮夾裡有零錢嗎？」
「零錢？沒有零錢。為什麼問這個問題？」
「因為零錢上會有製造年份，可以成為判斷這裡有人住的年代。」我在說話時，檢查了壁櫥裡的衣服口袋，但沒有找到皮夾或是零錢包。

這時，我靈機一動，把西裝長褲在自己身上比了一下。看來衣服的主人比我矮，腰圍很標準。

「佑介的房間裡可能有零錢。」沙也加說。

「也對，好，這個房間就先檢查到這裡，我們再去對面的房間找一下。」

我們離開這個房間，走去佑介的房間。

「不要翻亂了，可能保持目前的狀態有什麼意義。」走進佑介的房間後，我叮嚀她。

「嗯，我知道。」她點了點頭。

我們重新檢查了佑介的書桌和書架。因為我們覺得他房間可能有存錢筒，但找了半天都沒發現。

「是不是離開的時候，把所有的錢都帶走了呢？」

「那為什麼皮夾還留在西裝口袋裡？」

「可能只是忘了帶走。」

「是嗎……」沙也加用手指摸著書架上的那些書，「所以是全家人只帶了錢離開嗎？也不帶走心愛的蒸氣火車書？」

「可能很喜歡的已經帶走了，這裡的可能是挑剩下的。」

她似乎無法接受這樣的解釋，抽出一本兒童文學書。書名是《乞丐王子》。

「版權頁上寫的是二十三年前。」她看著書的最後一頁說道，「和課本一樣。」

「其他的書呢？」我又抽出兩、三本檢查了一下，都是相同時期出版的。我們又檢查了雜誌，都是更早之前出版的，沒有比二十三年更新的出版品。

「這樣應該就很清楚了吧？這家人是在二十三年前消失不見的。」

「但是一樓餐廳的那本雜誌出版日期是二十年前，而且還是二手書店買的。所以，那本雜誌是之後才放在那裡的嗎？」

「但是……」沙也加咬著大拇指。

我把剛才拿出來的書放回書架的同時，整理著自己的思緒。如果像沙也加所說，御廚一家人在二十三年前消失，放在餐廳裡的雜誌就是其他人帶來的。唯一可能的外人，就是沙也加的父親，但他為什麼要這麼做？

當我把最後一本書放回書架時，目光停在一本書背上沒有印任何字的白色小書。因為塞在裡面，剛才一直沒有發現。

拿出來一看，發現並不是普通的書。封面上也沒有印任何字。我訝異地翻開一看，忍不住叫了起來。

第一頁的第一行寫著——

「五月五日　晴天。我要從今天開始寫日記。」

雖然字很幼稚，但很像剛才算數練習簿上的字跡。

第二章

1

「爸爸說，寫日記可以學會更多字，也對我很有幫助，所以買了日記本給我。我會努力寫日記。今天是兒童節，所以庭院裡掛了鯉魚旗，媽媽晚餐也煮了好菜。我很開心。」

這就是御廚佑介寫的第一篇日記的內容。從日記的內容很難判斷他的年齡，但似乎比算數練習簿上寫的六年級更小一點。

我繼續看日記。

「五月六日　晴天。今天學校考唱歌，唱了〈綠色大牧場〉。上體育課時，藤本在跳箱時差點跌倒，很危險。今天爸爸買了書送我。」

「五月七日　陰天。今天老師請假，所以一整天都沒有上課，很開心。我回家說了這件事，但爸爸罵我，說這種時候，也要認真學習。晚餐時，我肚子有點痛，所以吃了藥。」

「五月八日　陰天。今天老師來學校了，老師說她感冒了。」

前幾天的確每天都寫，但不知是否很快就膩了，還是沒什麼事可寫，之後隔了三天，直到五月十二日才寫。

「五月十二日　陰轉晴。今天特別熱，大家都說熱死了、熱死了，我在打掃完洗手時，也順便洗了腳，太舒服了。大家都說，想去海邊玩。我喜歡游泳。回到家後，看到媽媽也穿了短袖衣服。」

然後又隔了三天。接下來是五月十六日。

「五月十六日　晴天。山田今天帶來模型到學校，但他做得不怎麼樣。」

接下來的日期是六月一日，他有將近半個月沒有寫日記。他自己也反省了這件事，寫了以下的內容。

「六月一日　陰天。從今天開始，我一定要堅持寫日記。爸爸說，不必寫很長也沒有關係，即使只寫天氣也沒問題。爸爸還說，不用每天寫也沒關係，但至少一定要在星期六晚上寫日記。這樣的話，就不會太辛苦，所以我也決定要開始認真寫。」

正如他所宣言的，之後至少每週會在星期六寫一些東西，雖然有不少只寫了天氣而已。

「沒有寫和這個家有關的內容嗎？」沙也加在一旁探頭看著日記。

「我也是這麼想，所以正在找。」我粗略瀏覽著，繼續往後翻。「但這裡似乎的確只住了佑介和他的父母，並沒有出現其他人。」

八月之後，他的日記中才出現新人物。

「八月二日　晴轉陣雨。我正在玩打水槍，彌姨帶著西瓜上門了。彌姨很會挑西瓜，我和彌姨、媽媽三個人一起吃西瓜。彌姨說，她讓孩子在家裡睡覺，所以就匆匆離開了。牽牛花的藤蔓長得很慢，所以不能畫在日記上。」

他在日記中提到的「彌姨」是附近的鄰居嗎？

「妳有沒有聽過『彌姨』這個名字？」我試著問沙也加。

她默默對我搖頭。

我繼續往後翻，之後的日記中也不時出現「彌姨」的名字，只是次數並不頻繁。如果只是住在附近的鄰居，似乎太隨意出入他家了，而且還會幫忙做家事。隔了一段時間，又出現了這樣的內容。

「十月五日　晴天。彌姨帶了一個小女孩來家裡，小得好像娃娃。彌姨說，現在都送去托兒所。等稍微長大一點，上了小學後，彌姨就可以像以前一樣來家裡了。彌姨做的菜很好吃，希望這一天趕快來。」

從文章內容來看，這個女人以前似乎是御廚家的幫傭，但因為生了孩子，所以暫時辭職，但還是經常上門，所以可能住在附近吧。

佑介每個星期只寫一、兩次日記。沒翻幾頁，日記上的時間卻過得很快。轉眼之間，就到了年底的聖誕節。

「十二月二十四日　晴時多雲。今天好冷，結業式時，我的身體也不停地發抖。我第二學期的成績有進步，媽媽稱讚了我。今年又寄來了聖誕節禮物，今年是跑車模型，去年是蒸氣火車。爸爸在電話中很生氣地說，不要老是寄玩具，以後寄書就好。晚上的時候，下了一點雪。」

我抬起頭，看著沙也加。

「寄來禮物是什麼意思？是有人寄給他嗎？」

「可能是親戚朋友吧。」

「如果是親戚朋友寄來的，會打電話去罵對方說，不要整天寄玩具來嗎？」

「嗯……」沙也加又重新看了那個部分後抬起頭，「那是誰寄來的？」

「正因為我不知道，所以才問妳啊。」我把椅子拉過來，輕輕拍了拍灰塵後坐了下來。因為是兒童椅，坐起來有點矮。「別人送禮物給他兒子，他還打電話去抱怨，至少應該是家人吧，像是兄弟姊妹或是父母。」

「很可能是父母，」沙也加也點了點頭，小聲地說：「我老公也經常向他父母抗議，不要太寵孩子。」

「喔，這種事，」我忍不住凝視她的臉，「很常見啦，沒想到妳家很平凡嘛。」我的語氣帶著揶揄。

沙也加聽了似乎覺得不太舒服，皺起了眉頭。我慌忙想要解釋，我無意挖苦她，但她搶先開了口，「才不平凡呢！」她的聲音有點沙啞，但語氣很強烈。

我有點意外地看著她，她看了我一眼，然後很小聲地說：「對不起，因為我不希望你胡亂想像。」

我沉默片刻後，為了擺脫突然出現的尷尬氣氛，再度迅速翻著日記。

「看完這本日記，恐怕要花不少時間。」

「要不要先看最後一天的日記？」她恢復了正常的語氣問。

「就這麼辦。」我覺得她的提議很有道理，從日記本最後一頁開始翻起。後很多空白頁，可見佑介還沒有用完這本日記本，就離開了這個家。

日記本只有最後十幾頁是空白，最後一頁的日期是二月十日，是國慶節的前一天。

我迅瀏覽了一下，中途覺得有點不對勁，又從頭看了起來。我知道自己的表情很緊張。

「怎麼了？」沙也加問，「上面寫了什麼？」

「我也不太清楚，只是覺得不太對勁。」我回答說。

「不太對勁？」

「妳先看一下再說。」我把日記遞到她的面前。

日記本上寫了以下的內容。

「二月十日　晴天。雖然肚子很痛，但我還是去了學校。因為我不想在家。我原本想和老師談一談，但大人都靠不住，絕對會相信那個傢伙說的話。誰都不會相信我們小孩子說的話，而且之後還會遭到那個傢伙的報復。

放學回家後，看到那傢伙躺在沙發上。我趁那傢伙沒有發現我，立刻回自己的房間，結果茶米躺在我床上，像上次一樣喵喵叫，那傢伙又對茶米動粗了。

我已經忍無可忍了。那傢伙為什麼不早點去死。」

看到沙也加抬起頭，我問她：「是不是有新的角色出現？」

「那傢伙是……」

「雖然完全猜不到是誰，但當時應該住在這個家裡。因為佑介並不覺得那個人躺在沙發上有什麼問題。」

「是親戚嗎？」

「也許吧，只是看日記的內容，佑介並不喜歡這個人。」

「從日記的內容來看，那個人似乎對他很壞，他打算和學校的老師商量。」

「似乎有什麼隱情，另外，還出現了茶米，那應該是貓吧。」

「貓、茶米……」沙也加皺著眉頭，看著斜下方。

「怎麼了？」

「嗯……我覺得以前好像聽過這個名字。」

「會不會妳也認識那隻貓嗎？」

「也許吧，但還是想不起來，說到是貓，好像有印象。」她苦笑起來，「我從剛才就一直這樣，好像快想起來了，卻什麼也想不起來。」

「不必著急，反正一開始就不指望事情可以一下子解決。再好好看這本日記，也許可以找到一些線索。」

「是啊。」她翻到前面那一頁。日期是二月三日。

「二月三日　陰天。今天是立春的前一天，以前都會撒豆子，但現在已經沒這個習慣了。那傢伙今晚又喝醉了，醉鬼滾出去啦。」

「真是搞不懂，」我說，「那個人到底是誰？而且他的父母完全不再出現。」

「看來還是得從前面開始看。」沙也加輕輕嘆了一口氣，「但好像要花很多時間，幾乎有一本書的厚度。」

「可不可以把日記帶回去？回東京之後再慢慢看。」

我之所以這麼提議，是因為我不想在這裡耗太多時間，打算最晚在天黑之前要離開這裡。

沙也加似乎也有同感，「你說的對，不知道還有沒有其他可以成為線索的東西。」

「要不要再去其他房間找找看？如果可以帶走的，就帶回去吧。」

「好。」沙也加表示同意。

正當我們打算走出房間時，遠處突然一亮，接著傳來轟隆隆的聲音。

「糟糕了，」我說：「妳說對了，快下雨了。」

「恐怕會下大雨。」

她的話音未落，就聽到了滴滴答答的雨聲。雨聲的間隔越來越短，很快就變成了嘩嘩的大雨聲。

「快走吧，如果天黑之後在雨中奔跑有點危險。」

我們走下樓梯，再度仔細檢查每一個房間，很快就發現了幾件奇妙的事。

比方說，這個家裡沒有電視。二十三年前，彩色電視應該已經普及，當然，在那個年代，即使沒有電視也不至於奇怪，但總覺得這麼氣派的房子，至少應該有一台電視。

不光是電視，連家電都很少。沒有洗衣機、吸塵器，連電話都沒有。

「會不會在搬走的時候也全部帶走了？或是賣掉了？」當我提出疑問時，沙也加這麼回答。

「如果要賣，不是有更值錢的東西嗎？比方說，鋼琴。」

「也許一下子找不到想買鋼琴的人，但家電就很容易脫手。」

「是嗎？我總覺得這棟房子原本就沒有這些東西，比方說電視，如果有電視的話，妳覺得會放在哪裡？」

「應該就是這個房間吧。」她站在客廳的沙發旁說。

「如果是這個房間，妳覺得會放在哪裡？」我問。

「嗯……」她巡視著室內，看著暖爐，不再說話。

「是不是根本沒有地方放電視？」我說，「如果這個房間之前有電視，應該會有放電視的空間，但這裡完全找不到這樣的空間。」

「是啊……」沙也加抱著手臂站在那裡。

「但家裡沒什麼家電可能不是什麼重要的事，也許屋主不想用太多家電，但家裡完全找不到月曆就很奇怪。每個家裡至少會貼一張月曆吧？」

「聽你這麼說，好像真的有道理。」

「包括所有的鐘錶都停在相同的時刻這件事在內，我總覺得時間在這棟房子內停止了。當然，應該是有人刻意這麼做，但到底有什麼目的？」

沙也加想了一下後搖了搖頭，「不知道，也想像不出來。」

我注視著她的臉，然後低頭看著手上的日記本，總覺得自己漏失了什麼重要的東西。

雨聲越來越大。我看向窗外，大雨打在窗戶上，在玻璃窗上劃出無數條水痕。

「雨下大了，」我說，「我們早一點離開比較好。」

遠處又出現一道閃電。沙也加的肩膀縮了起來。隨即傳來好像打鼓般的轟隆聲。

「別怕，在很遠的地方。」我笑著說。

沙也加低著頭，連續眨了好幾次眼睛，然後把手放在臉頰上東張西望。她的眼神很空洞。

「怎麼了？」我問她。

她緩緩伸出右手食指，「鋼琴下面……」

「鋼琴下面？」我順著她手指的方向看去。那裡放了一架鋼琴。「鋼琴怎麼了？」

「躲在……鋼琴下。」

「躲在鋼琴下？誰？」

她沒有立刻回答，搖搖晃晃地走向鋼琴，然後蹲了下來，做出從鋼琴下方巡視著室內的動作。

「怎麼了？鋼琴下面有什麼嗎？」我又問了一次。

沙也加蹲在那裡，抬頭看著我說：

「就是躲在鋼琴下。」

「到底是誰躲在鋼琴下？」我的聲音有點不耐煩。

她舔著嘴唇，嚥了一口口水後說：「是我……啊。」

「妳？」我聽不懂她的意思，探頭看著她的臉問：「什麼時候？」

「很久以前。」

「以前？」在我問了之後，我的心一沉。因為我終於理解了她說的意思。「妳記得自己躲在這架鋼琴下面？」

沙也加將視線從我身上移開，用手指摸著鋼琴的腳。那裡的灰塵被她擦掉了，出現一條黑線。

「那天也在打雷，下很大的雨。」她小聲地說。

2

我讓她坐在沙發上，也在她身旁坐了下來。雨仍然不停地下，但如果因此喚醒了沙也加的記憶，也不能太恨這場雨。

沙也加雙肘放在腿上，雙手輕輕交握。她維持這個姿勢，不發一語地陷入沉思。我打算靜靜地等在一旁，直到她開口說話。

過了超過十分鐘，沙也加才終於開了口。

「因為打雷很可怕，所以我鑽到鋼琴下，我真的很害怕雷會打到這裡，所以現在仍然隱約記得那時候嚇得發抖。」

「的確是在這個房間嗎？」

「我無法確定，」她再度巡視室內，「但應該是這個房間，我隱約記得從鋼琴下往上看的感覺。」

我點了點頭。終於向前邁進了一步。

原來不光是沙也加的父親，她也和這個家有關係。她和這棟房子的關係，八成就是她失落的記憶。

「當時妳是一個人嗎？還是和其他人在一起？」

沙也加閉上眼睛，嘴唇微微動了一下，那是她快想起什麼事時的習慣動作。

「我記得還有另一個人。」她說，「好像和我一起躲在鋼琴下面。」

「鋼琴下面？所以，對方也是小孩子嗎？」

「不是大人，只是我不記得是男生還是女生。」

「應該是男生，也就是御廚佑介。」

「也許吧。」她很沒自信地點了點頭。

「還有沒有想起什麼？」雖然我知道催她並沒有意義，但還是忍不住問道。

沙也加吐了一口氣，「感覺好像快想起來了，卻又想不起來，這種感覺很不舒服。」

「也許無法一下子想起來，但光是想到這些就是很大的收穫。也許看了日記之後，會有更進一步的線索，搞不好日記中也提到了妳。」我拿起日記本說。

她皺著眉頭，似乎對自己無法回想起當時的事感到焦慮。

「我和這棟房子到底有什麼關係？為什麼我會來這裡？」

「可能住在附近吧？」

「但我們以前住在橫濱啊……」

「那只是戶籍上的登記而已，搞不好其實是住在這一帶，所以從小和佑介一起長大，經常來這裡玩。」

「從小一起長大……」沙也加小聲嘀咕，好像在玩味這句話，一下子咬著大拇指的指甲，一下子蹺著二郎腿。不一會兒，她似乎想起了什麼，坐直了身體，轉頭看著我：「我覺得我不太可能從小和佑介一起長大，來這裡和他一起玩。」

「為什麼？」

「因為年紀相差太大了。二十三年前，他讀小學六年級，那時候我才六歲，還沒有讀小學。」

「這點年齡差距並不算什麼。」

「但對小孩子來說，是很大的差距。即使同樣是高中生，一年級和二年級也完全不一樣。」

我點了點頭，同意她的看法，翻了幾下日記本，用力闔了起來。我發現天色已經暗了下來，看小字時有點吃力。

「今天就先回家吧。」我說。

「好吧。」她也無可奈何地點著頭。

我們關上所有的窗戶，和進來時一樣，從地下室走了出去。雨仍然沒有變小，即使跑去車上只有幾步路，我們的衣服也都濕透了。

「太慘了，難以想像來的時候還是大晴天。」我用手帕擦著臉說，沙也加沒有回答。她隔著車窗看著那棟房子。因為下雨的關係，房子看起來有點朦朧。

「我以前看過。」她說。

「啊？」

「我以前看過，也像這樣看那棟房子。很久以前，很久很久以前。」她轉頭看著我，「絕對沒錯，我以前來過這裡。」

我看了看房子，將視線移回她身上，「當時妳一個人嗎？」

「不，應該不是，我記得有人牽著我的手。」

「那是誰呢？是妳的父母嗎？」

「有可能，」說完，她用手摸著自己的額頭，閉上了眼睛，但很快就張開了，發出苦笑，「對不起，你可以開車了。」

「真的可以嗎？」

「嗯，即使留在這裡，也想不起更多的事了。」

我點了點頭，發動了引擎。

沒有鋪水泥的小路變得很泥濘，而且視野不佳。我打開車頭燈，小心翼翼地握著方向盤前進。

來到松原湖旁的加油站時，沙也加問：「可不可以去一下？」我沒有問理由，點了點頭，把腳踩在煞車上。我猜想她可能要去廁所，因為那棟房子裡的廁所無法使用。

我決定順便加油。年輕的員工一臉意外的表情。可能他以為今天不會有生意上門了。

沙也加果然去了廁所，但上完廁所後去打電話。我發現她在說話時的表情有點緊張。

「讓你久等了。」她回到車上時說。

「妳剛才好像在打電話。」

「對，我打電話去我婆家，我女兒在那裡。」

「離妳家很近嗎？」

「也不太近。」

「但妳像今天這樣出門時，可以把女兒交給他們照顧。」

沙也加露出不置可否的複雜笑容，她的笑容越來越扭曲，我忍不住倒吸了一口氣。

「其實不是，」她說：「最近她一直都住在婆家。」

「一直住在婆家？」

沙也加緊閉的嘴唇發抖，一滴水從她的髮梢滴落。

「被他們……帶走了。」

「為什麼？」

「因為……我沒有資格當母親。」

「沒有資格？」

「我沒有資格照顧孩子，我是有缺陷的人，是失職的母親……」她雙眼滿是淚水，同時滴了下來。

3

加油站對面就是松原湖的免費停車場。我把車子開進停車場後熄了引擎，大雨不停地打在擋風玻璃上。FM廣播中傳來肯尼・G的音樂，是〈GOING HOME〉。我把音量關小，等待沙也加開口。

一曲終了，她開了口。「我女兒叫美晴，美麗的美，晴天的晴。」

「美晴嗎？」我用手指寫著，「好聽的名字。」

「那是我老公取的名字。他說很久之前就決定，如果生女兒，就要叫美晴。」

「有時候的確會遇到這種對某件事很執著的男生。」我用嘴唇擠出笑容，「應該很可愛吧。」

「我也常常這麼想。」沙也加說。

「常常？」

「但有時候會突然覺得，如果沒有這個孩子，不知道該有多好。」她充血的雙眼看著我。

我雙手放在方向盤上，「聽說為育兒忙得焦頭爛額的母親，或多或少都會有這種想法，這個時期的母親都很累。」

我以為她會反駁，沒想到她表示同意，「的確很累。」

「對吧？」我點了點頭。

「美晴經常不乖，或是哭鬧嗎？」

「嗯，很常，」她無力地點了點頭，「總覺得一整天都在幫她擦屁股。」

「原來如此。」

「但是，我以為對這種事早就有了心理準備，因為是母親，所以做這些事是理所當然的，我以為只要有愛，這些困難都可以克服。」
「但實際情況並非如此嗎？」
「我覺得我和她的心靈無法相通，」她嘆著氣說道：「我有時候對她產生的感情，是其他母親不會有的。因為我有時候真的很恨她，你能相信嗎？」
「我無法相信，但我知道有這種事。」
「是啊，那個上面有寫。」
「那個？」聽到她這麼說，我才恍然大悟。我張大眼睛：「妳是看了那篇文章，才決定和我見面……」
那是刊登了我雜文的科學雜誌。
希望可以從科學家的角度談論虐待幼兒的問題——幾個月前，那個編輯又提出這種無理的要求。編輯積極說服我，美國每年有超過兩百萬起父母或家長虐待兒童的事件，其中有三千起導致兒童死亡，而且這種現象在日本也持續增加，當然要好好討論這個問題。
我立刻表示婉拒，我從事的是物理研究工作，無法輕易討論這麼重大的議題，但編輯一再拜託，說總編很堅持要做這個主題。最後我終於讓步，對編輯說，如果可以在採訪相關人員後，把我的體會寫成報導，就願意接下這份工作。當時我很納悶，為什麼總編會這麼熱心想要做這個主題，之後終於找到了答案。總編的表妹在做幼兒教育諮詢員的義工，總編聽她談論工作的辛苦後，想在雜誌上報導這個主題。因此，我採訪的對象也是總編的表妹。

因為這樣的關係，所以那次的工作對我來說，是一次不錯的經驗。光是瞭解現代社會造成人類身心疾病的實際情況，就是很大的收穫，只不過我寫的報導了無新意，觀點也和已經出版的書籍內容雷同，並沒有引起讀者廣泛的討論。

而且，就連我自己都快忘了當初寫了什麼內容，完全沒有想到沙也加竟然看了那篇報導。

「你在那篇報導中提到有一位母親在半夜差一點把哭鬧不已的嬰兒掐死，看到那一段內容時，我不由地緊張了一下，因為我以為你寫的是我。」

「妳也曾經做過這種事嗎？」

「有好幾次。美晴從嬰兒的時候開始，就經常在半夜哭鬧。有一天晚上，看到她快哭了，你知道我做了什麼嗎？我竟然把一旁的毛巾塞進她嘴裡。只有瘋子才會做出這種行為吧？」沙也加說完，露出自嘲的笑容，但眼中噙著淚。「這不是典型的身體虐待嗎？你在報導中也這麼寫。」

「我不能只聽妳說了一件事，就斷定屬於這種情況。」我小心謹慎地回答。

虐待幼童大致可以分為四大類。身體的虐待、拒絕和疏於照顧、性虐待和心理虐待。對幼童的暴力行為屬於身體的虐待，根據沙也加剛才說的情況，她的行為也算是身體的虐待。

「最近發生了什麼事？」我問。

「我打了她的腿。我讓她跪坐著，一次又一次打她露出來的腿，即使已經又紅又腫，我也停不下來。」

「原因呢？」

「因為她不吃飯。我叫她不要吃太多零食，她偷偷地吃，結果吃飯時就吃不下了。」

「所以妳罵她。」

「對。」

「即使她哭了，妳也無法停止打她嗎？」

聽到我的問題，沙也加倒吸了一口氣。然後像機器人一樣，僵硬地搖著頭。

「她從來不哭。我打她，她應該很痛，但她一直忍耐著，什麼也不說，好像在等待結束。」

「結束？什麼結束？」

「暴風雨啊。」她把右手伸進短髮內，「每次都這樣。我不是會發脾氣嗎？她總是像石頭一樣一動也不動，完全沒有反應，偶爾皺一下眉頭而已，好像在說，真是夠了，暴風雨又來了。每次看到她的眼神，我就覺得自己糟糕透了，當我回過神時，發現自己在打她。」

「但妳知道這樣的行為不好。」

「我知道啊，只是無法克制自己。也許你覺得很奇怪，但我沒有騙你。每次看到她，我就有點搞不清楚自己，完全不知道該怎麼辦。明明是我打她，每次看到她又紅又腫的腿，會突然感到害怕。」沙也加在說話時，淚水濕了她的臉頰，「我的腦袋出了問題。」

「妳不要這麼想，因為有很多人像妳一樣。」

這是事實。

我透過採訪知道，打電話去諮商的人有七成是虐待孩子的母親。諮商師說，或許有人認為，既然願意打電話諮商，只要不再虐待孩子不就解決問題了嗎？但說這種話的人完全無法理解虐童母親的心理。正因為她們無法停止虐待，才會感到痛苦，才會打電話求助。曾經有一位母親用力打孩子的頭，看到孩子無力地癱在那裡，慌忙送去醫院，在孩子接受治療時，忍不住在醫院的走廊上大哭，很害怕自己會殺了孩子，所以打電話求助。
看到沙也加心情稍微平靜後，我問她：「妳老公知道妳這種情況嗎？」
「應該不知道。」她用手帕按著眼角回答，「因為我什麼都沒告訴他。只要我不說，他就完全不知道家裡發生了什麼事，即使不知道，他也完全無所謂。正因為不知道，所以可以一個人跑去美國出差。」
「妳為什麼不告訴他？」
「因為……」說到這裡，她又閉上了嘴。
我大致能夠瞭解她的心情。
因為她過度害怕無法好好照顧孩子這件事遭到負面評價，不希望被認為是無能的母親。自尊心太強反而害了她。
「但他看到美晴之後，沒有覺得不對勁嗎？」
「應該不會。」
「為什麼？」
「因為那孩子……美晴在我老公面前總是很乖，很聽話，也不搗蛋，而且很愛說話。我老公經常說，他的幾個同事也有和美晴差不多年紀的女兒，但每個人都說很不好帶，幸好他有美晴這個乖女兒。他真的什麼都不知道，正因為不知道那孩子的本性，才會說那種話。」

看到沙也加的嘴角醜陋地扭曲，我覺得她有時候可能真的會恨她女兒。

「妳有沒有朋友可以求助？」

「沒有。但是，我用自己的方式努力，也看了很多育兒方面的書。」

「我知道。」

虐童的母親都有盲目依賴育兒書的傾向。雖然書上所寫的只是大致的標準，但那些母親總是認為自己的育兒也必須按照相同的進度進行，但育兒根本不可能按表操課，小孩子經常會出一些意想不到的難題。久而久之，母親內心就會對孩子產生攻擊的感情，最後無法控制，開始有虐待行為。

「美晴從什麼時候開始送去妳婆家？」

「十天之前。」

「所以在那之前，妳和美晴兩個人一起生活。」

「對啊。」

「只有妳們母女的生活怎麼樣？」

「簡直是地獄。」她說：「附近鄰居可以幫忙照顧孩子，我好幾次都認真思考，把孩子丟給那個鄰居，自己鬧失蹤這種蠢事。每天和女兒單獨生活在一起，真的快要瘋了，漸漸對自己感到害怕，擔心自己會做出什麼可怕的事。」

「所以就決定請妳婆婆幫忙照顧嗎？」

「不是，」她搖了搖頭，「是被我婆婆帶走的。」

「什麼意思？」

「我剛才也說了，我有時候會請鄰居幫忙照顧美晴，那個鄰居打電話給我婆家的人，她向我老公打聽了他老家的電話。」

「那個人為什麼打電話去妳婆家？」

「因為看到了美晴身上的瘀青。」

「瘀青？」我問了之後，才恍然大悟，「是妳造成的？」

沙也加拿出手帕按著眼角，吸了吸鼻子。

「聽說她之前就已經察覺了。雖然美晴什麼都沒說，但她一直覺得有問題，所以就打電話給我婆家。」

「妳婆婆來接走時，對妳說什麼？」

「她說我可能帶孩子壓力太大了，她暫時幫忙帶一陣子。雖然她的態度很客氣，但看她的表情就知道，她覺得我根本沒資格當母親。」

「所以，妳就讓她帶走了。」

「因為沒辦法啊，我真的沒有資格當母親啊。」

我無言以對，只好看著擋風玻璃。

「我婆婆剛才說，美晴很乖，她並不是故意要氣我，美晴應該真的很乖。原本以為她離不開母親，顯然只是我的一廂情願。而且，我也對不用再照顧她感到鬆了一口氣。剛才打電話給我婆婆，也不是真的想美晴，而是擔心如果每天不打一通關心的電話，不知道公婆會說什麼。」

「如果從這個角度分析，每個人都有以自我為中心的部分。」

這句話似乎無法安慰她。沙也加沉默不語。

「我的報導有稍微幫到妳嗎？」

「給了我很大的參考，」她說：「尤其你在文中提到，父母本身的兒時經驗往往會造成很大的影響。」

「啊……」

這也是我在採訪後感到很驚訝。

虐童的母親中，有百分之四十五本身有過遭虐的經驗。即使不曾有過遭受虐待的經驗，每個母親都曾經因為父親離家，或是母親重病不在家，在幼年時代，精神上曾經感到寂寞，也就是沒有被好好愛過。

因為從來沒有得到父母的愛，所以也不知道怎麼愛孩子。從這個角度思考，就會覺得是理所當然的事。擔任諮商師的女性這麼對我說。

「我就是看了你的報導後，才開始在意自己的過去，在意遺忘的兒提時代。」

「原來是這樣……」

「但我猜想自己一個人應該無法做任何事，所以才拜託你。應該我相信你能夠瞭解我，而且我也信任你。最重要的是，我覺得你很瞭解我。」

「妳應該早一點告訴我，不過，恐怕很難啟齒吧。」

「對不起，也很感謝你沒有多問，就願意陪我來這種地方。」

「我知道妳在為什麼事煩惱。」我看著她的左手腕。她用右手摸著左手腕的傷痕。

「在美晴被帶走後，我情緒失控時幹的。」

「這樣不太好。」

「但是，這點傷死不了，只會割傷表面的皮膚而已。我也同時吃了安眠藥，但當我醒來，發現血已經止住時，覺得自己太沒出息了。」

「以後別再有這種念頭了。」我在說話時，思考著她為什麼會有安眠藥。

「嗯，我知道，我以後不會再這麼做了。」

「千萬拜託啊。」說完，我握住排檔桿問：「我可以開車了嗎？」

「可以啊。」她回答道，但車子即將駛出停車場時，她突然說：「等一下。」

我立刻踩了煞車。

她想了一下說：「可以往回開嗎？」

「往回開？去那棟房子嗎？」

「對。」她露出嚴肅的表情點了點頭。

「為什麼？」

沙也加垂著雙眼，搓著放在腿上的兩隻手。

「我不想就這樣回家。如果那棟房子內有導致我精神缺陷的原因，那我想要找出原因。回東京後再慢慢思考的方法解決不了問題，如果不在那棟房子內，不注視那棟房子，一定無法找回我的記憶。」

我能夠理解她說的話。

「也許吧，但今天時間已經不早了。」

「我不會要求你留下來陪我，只要把我送去那棟房子就好，之後我會自己處理。」她一口氣說完後，又小聲說：「你先回東京。」

我雙手放在方向盤上思考著。既然她已經提出這個要求，代表她已經下定了決心，用一些陳腔濫調的話無法讓她改變心意。

「妳打算在那裡過夜嗎？」

「在那裡過一晚應該不是太大的問題。」

「吃飯怎麼辦？」

「這是小問題，而且不吃也沒問題。」

「這對身體不好，先去找便利商店。」說完，我把腳從煞車踏板上移開。

來到國道後，在馬路旁的便利商店買了三明治和飲料，還買了一個手電筒，再度驅車前往那棟房子。雨似乎轉小了，但遠處仍然雷鳴聲不斷。

我們靠著手電筒的光走進那棟房子，點亮在地下室找到的蠟燭，放在客廳的茶几上。風不知道從哪裡的縫隙吹了進來，火焰微微晃動，映照在牆上的影子也跟著蠕動。

「妳一個人在這裡不害怕嗎？」我問。

「當然不可能不害怕，但神經稍微緊繃的狀態可能反而比較好。」她在沙發上坐了下來，用分不清是開玩笑還是認真的語氣回答。「那本日記呢？」

「我放在這裡，」我指著蠟燭旁，「還需要什麼東西？如果需要什麼，我幫妳買回來。」

她輕輕搖了搖頭，「不用了，應該沒問題。」

「那我走了。」

「嗯，真的很感謝你。」

我點了點頭，在手電筒的照射下，打開了通往玄關大廳的門。回頭一看，沙也加在蠟燭後方對我揮手。

我內心感到依依不捨，在轉過身時，仍然對是否該離開感到遲疑。但是，一旦我留下，就代表我們兩個人單獨在這裡過夜。在決定陪她來這裡時，我已經告訴自己，要避免發生這種情況。

走去地下室時，立刻感受到冰冷的空氣。整棟房子中，這裡的感覺最奇妙，完全感受不到任何生命的殘像，只覺得是一個冰冷的空間。也許是因為這個原因，讓人感到渾身不舒服，想要趕快逃離這裡。話說回來，為什麼非要從這個地下室出入這棟房子不可呢？

我走向出入口，手握著門把，不經意地用手電筒照了一下室內，發現門的上方裝了什麼東西。因為積滿了灰塵，所以看不清楚。我伸手擦了擦灰塵。

那是一個小型十字架，應該是木頭做的。

看到十字架，立刻有一種難以形容的不安襲來。誰在這裡裝了這個十字架？

我站在原地片刻，轉身上了樓梯。經過玄關，打開通往客廳的門，正在看日記的沙也加驚訝地看著我。

「你怎麼了？」她問。

我遲疑了一下後問：「我可以留下來嗎？」

沙也加不知所措地眨了眨眼睛，「如果是因為我的關係，你不必擔心。」

「不是，」我說：「我也想知道，這個家以前到底發生了什麼事。」

她偏著頭思考著，然後嫣然一笑說：

「早知道應該多買一點三明治。」

「偶爾減肥一下也不壞。」說完，我在她身旁坐了下來。

4

我說了十字架的事，沙也加說想要看。於是我們一起走去地下室。

「真的是十字架。」沙也加用手電筒照著門的上方說：「可能這家人信基督教，但我從來沒有聽說有人把十字架釘在這種地方。」

「果真是基督教徒的話，我覺得應該會用更像樣的十字架。」我歪著腦袋說。

回到客廳後，我們決定來看佑介的日記。因為光線太暗，所以又點了三根蠟燭。沙也加提議說，不要跳著看，要從頭看起。我也表示同意。反正我們有足夠的時間。

看了一陣子後發現，佑介開始寫這本日記的五月五日，似乎是他小學四年級的時候。因為他在翌年的四月寫了「從今天開始就是五年級」這句話。這段期間並沒有發生什麼特別的事，佑介用功讀書，家庭也很平靜穩定。

但到了那一年的六月，事態突然發生了變化。

「六月十五日　雨　爸爸在晚上昏倒了。我在自己房間寫功課，聽到媽媽大叫的聲音。我去了爸爸的房間，看到他趴在地上發出呻吟。媽媽叫我回自己的房間，但我很擔心，所以繼續留在那裡。媽媽問爸爸，要不要叫救護車，爸爸搖了搖手，叫媽媽不要多事，還叫我們都出去。我第一次看到爸爸這麼大聲說話，媽媽拉著我的手，走去樓下。我問媽媽，爸爸是不是生病了？媽媽叫我不用擔心。我和媽媽一起坐在廚房的桌子旁，爸爸下樓了。爸爸流了很多汗，連頭髮都濕了。爸爸對我說，今天的事不能告訴別人。我問爸爸，為什麼不可以告訴別人。爸爸說，因為沒有大礙，不值得大驚小怪。我心跳得很快，但沒有再多問。」

「六月二十日　多雲轉雨　放學回到家，在玄關看到爸爸的鞋子。今天不是爸爸的休假日，所以我有點驚訝。我放下書包，洗完臉後，去爸爸房間看他，發現爸爸和衣躺在床上。我走過去時，爸爸張開了眼睛。我對爸爸說，我回來了。爸爸小聲地『嗯』了一聲，然後又閉上了眼睛。媽媽回來後，我問了爸爸的事。媽媽說，爸爸只是有點累了。我很擔心。傍晚的時候，山本帶蝌蚪來給我看，我很喜歡蝌蚪，卻高興不起來。」

從這兩篇日記中可以發現，佑介的父親當時身體不太好。

「他爸爸不許佑介告訴別人自己身體不好的事有點奇怪。」我對沙也加說，「真的是沒有大礙嗎？還是……」

「還是很嚴重嗎？」她接著說了下去，「從日記的內容來看，他父親之前就知道自己生病的事了。」

「他太太要叫救護車，他大聲喝斥制止也很奇怪。」

「但如果病情很嚴重，應該更早之前就會有前兆了。」沙也加說完，又重新看了剛才看過的內容，然後指著其中一頁說：「你看一下這裡。」

「五月十五日　晴天。今天晚上吃壽喜燒，我最喜歡吃壽喜燒了。我一直在吃肉，媽媽叫我多吃點蔬菜，但我討厭吃蔥，所以就沒吃。爸爸說他頭痛，很快就回房間休息了，我把爸爸那份肉也吃掉了，結果吃得撐死了。」

我抬起頭說：「他說頭痛。」

「不光是那裡而已，你看這裡也有。」她又指著另一頁說。

那一頁上寫著——

「四月二十九日　陰天。今天學校放假，山本、金井和清水來我家玩，我們在家門口玩躲避球。一直玩躲避球很無聊，所以我們也踢足球，但我們太吵了，挨了媽媽的罵。媽媽說，爸爸身體不舒服，叫我們安靜點。於是，我們一起去了金井家。金井家養了很多金魚，水泡眼金魚很好玩。」

繼續往前看，不時看到佑介的父親身體狀況不佳的內容，但佑介並不認為是嚴重的問題，六月十五日的日記才第一次提到他為父親的身體擔心。

我們決定繼續看下去。六月二十日之後，有一陣子沒有父親的相關記述，不知道是沒有任何異狀，還是佑介故意不提。

八月之後，情況再度發生了變化。

「八月十日　晴天。我和媽媽在吃西瓜，接到了爸爸公司打來的電話，說爸爸被送去醫院了。媽媽匆匆出了門，我說也要一起去，媽媽叫我留在家裡，我只好在家裡等。天黑之後，媽媽回來了，我問她爸爸的情況，媽媽叫我不必擔心，但媽媽看起來很沮喪。真的沒問題嗎？」

「八月十一日　晴天。我和媽媽一起去了醫院。爸爸從昨天開始一直在睡覺。當我們走去病房時，爸爸躺在病床上對我們露出笑容。爸爸說，沒什麼大礙。因為爸爸看起來精神很好，所以我也放心了，但媽媽在回家的路上告訴我，爸爸要在醫院住一段時間。我問媽媽，爸爸生了什麼病，媽媽說，不是什麼大病。」

「八月十二日　晴天。早上做了暑假作業，中午和媽媽一起去了醫院，但沒有見到爸爸。媽媽和醫生不知道在說什麼，爸爸在睡覺，所以見不到他。回家之後，媽媽到處打電話，而且媽媽在講電話時哭了，我嚇到了。」

「八月十三日　晴天。媽媽一個人去醫院，叫我一個人等在家裡。中午的時候，彌姨上門了，為我煮了素麵。我跟她說了爸爸的事，彌姨說，不用擔心，爸爸很快就會出院，但我說了媽媽哭的事，彌姨沒再說什麼。媽媽在傍晚回家了，我問她爸爸的事，她也沒回答我。」

佑介在那一陣子幾乎每天寫日記，幾乎都是關於父親的內容。雖然他原本以為不是什麼大病，但驚訝地發現病情似乎不輕，漸漸感到不安。從他的日記中，可以清楚感受到他的心情。他的母親什麼都不告訴他，反而令他痛苦不已。

進入九月之後，或許因為第二學期開學的關係，關於父親的內容減少了。雖然他父親仍然在住院，但他似乎已經習慣父親不在家的生活。

他並沒有忘記父親，每個星期會去探視父親兩、三次。他父親通常都在睡覺，但醒著的時候，會像之前一樣和兒子聊天。

「九月二十日　陰天。今天也去見了爸爸。爸爸在病床上看書，是很難懂的法律書。雖然好像不可以看書，但爸爸說，他看書的時候感覺比較舒服。我知道爸爸很喜歡看書，所以應該像爸爸說的那樣。爸爸經常說，人要努力學習，懶惰會讓人墮落，我不想變成懶人，要像爸爸一樣用功讀書，成為優秀的法律專家。我告訴爸爸，我算數只考了九十分，果然挨罵了。下次我一定要考一百分。」

佑介的父親真嚴格。通常身體狀況不好的時候，精神也會比較脆弱。

佑介仍然不知道父親生了什麼病，所以在十月的日記中，出現了他推測的記述。

「十月九日　晴天。我在放學後去了醫院，爸爸在睡覺。我在病床旁看書，結果爸爸醒了。我問爸爸，你醒了嗎？爸爸沒有回答。雖然他的眼睛看著我，但好像看不到我，也聽不到我的聲音，呆呆地看著半空，簡直就像靈魂被抽走了。以前爸爸曾經對我說，沒有靈魂這種東西，人是因為大腦而有生命活動，難道爸爸的大腦出了什麼問題嗎？」

大腦嗎？

我認為他的推測很正確。看他的日記，他的父親經常會頭痛。

「大腦方面有什麼疾病？」沙也加問我。
「有很多種疾病吧，也可能是腦腫瘤。」我回答。
「腦腫瘤……」她倒吸了一口氣。
「果真是腦腫瘤的話，治不好的機率很高，我們還是先繼續看下去。」
我們再度看日記。
「十月二十四日　多雲。爸爸一直昏睡，今天已經是第五天了。媽媽每天都去醫院，但爸爸一直沒有醒。醫生也說，不知道爸爸會睡多久。」
「十二月二十六日　雨轉陰天。今天聽說爸爸醒了，所以我也去了醫院，但沒有見到爸爸。只有媽媽一個人走進病房，雖然媽媽對我說，爸爸很好，但真的是這樣嗎？」
「十月三十日　晴轉多雲。今天終於見到爸爸了，我和媽媽帶了水果去探視爸爸。爸爸沒有像以前一樣坐起來，一直躺在病床上。爸爸瘦了很多，媽媽說，因為爸爸前一陣子昏睡時，沒吃什麼東西。媽媽把蘋果切成小塊給爸爸吃，爸爸像牛一樣慢慢咬著。爸爸說很好吃，但我聽不到他說話的聲音。」
從這個時期開始，佑介父親的病情急轉直下，經常看到「突然昏過去」或是「睡著了，一直都不醒」之類的文字，應該都是指昏睡狀態吧。

十一月中旬，佑介的母親告訴了他決定性的事實。

「十一月十日　下雨。媽媽終於把爸爸的病情告訴了我。爸爸的病情很嚴重，可能治不好了。我問媽媽，爸爸是不是快死了。媽媽回答說，對，然後就哭了。我也一起哭了，但媽媽對我說，在爸爸面前要堅強。我答應媽媽，一定會做到。」

「十一月十一日　晴天。今天我頭痛了一整天，可能是因為我前一天晚上都沒有睡著的關係。我不相信爸爸會死。」

「十一月十二日　晴天。我和媽媽一起去了醫院，爸爸醒了，但好像看不到我們，只是像木頭人一樣躺在那裡。我對爸爸說話，但爸爸沒有回答。媽媽為爸爸換了尿布。」

「十一月二十日　陰天。上國文課時，一位年輕的老師打開教室門，把我們班導師叫了出去。班導師向我招手，說爸爸病危，要我立刻去醫院。我沒有拿書包就離開了學校。到醫院後，看到媽媽在哭，但爸爸沒有死。醫生說，總算救回來了。我很高興，但媽媽還是一直哭。」

佑介在這段時間整天提心吊膽，不知道父親什麼時候會死。十二月後，那一天終究還是躲不過。佑介那天也寫了日記，但只有一行字。

「十二月五日　晴天。今天爸爸死了。」

這是最簡潔地表現了少年內心悲傷的一句話。

之後一個月，他都沒有寫日記。他母親應該為父母舉辦了守靈夜和葬禮，但佑介可能沒有力氣記錄當時的情況。

隔了一張空白頁後，佑介從新年的一月七日開始重新寫日記，但內容和之前大不相同。

「一月七日　晴天。那傢伙來家裡了。媽媽說，他可能會和我們住在一起。我說我不想和他一起住。爸爸以前很看不起他，說千萬不能學他，也不可以像他那樣。我在自己房間時，他連門也不敲，就直接闖進來，一副很熟的樣子和我聊天。我對他說，希望他不要打擾我寫功課，他就走出去了。我以後也要用這種方法趕走他。」

這是第一次在日記中出現「那傢伙」。

「日記裡的『那傢伙』會不會就是聖誕節送禮物那個人？」沙也加問。「之前送禮物的時候，佑介的父親不是打電話去抱怨嗎？這裡又寫著『千萬不能學他』，代表佑介的父親不喜歡他，兩者很一致。」

「有道理，但為什麼這個人會和他們住在一起？」

「日記中完全沒有提到相關的來龍去脈。」沙也加把日記翻來翻去，突然「啊」了一聲，「你看這裡，好像寫到他搬進來時的情況。」

我看了那一頁，那天是一月十五日成人節。

「一月十五日　晴天。那傢伙帶了一個大行李箱搬來了，他好像打算睡一樓的房間，把自己的東西都搬了進去。我問媽媽，為什麼要讓那種人和我們住在一起，媽媽說，這樣對我比較好。我不知道為什麼對我比較好，也不希望他出現在家裡，但茶米很可愛，想到可以和茶米住在一起就很高興，只要茶米來我們家就好了。」

看了之後，我忍不住歪著腦袋。

「我也搞不懂為什麼佑介的母親說，和『那傢伙』同住是對他比較好，這句話是什麼意思？」

「我突然想到，從他們相處的感覺，『那傢伙』像不像是佑介的新父親？」

「新父親？會是他母親再婚的對象嗎？應該不可能吧，他父親死了還不到一個月啊。」

「我知道，但那種感覺讓我忍不住有這種想像。」

「妳想太多了。」

「是喔……」沙也加似乎無法釋懷。

「總之，是『那傢伙』把名叫茶米的貓帶來家裡。」

之後有相當一段時間，日記中都沒有提到『那傢伙』，都是以學校的生活為主，但不時寫到茶米的事，可能是佑介刻意避談『那傢伙』。

看完三月的日記後，我轉動脖子，放鬆肩膀。

「要不要休息一下？眼睛一定很累吧？」

「對，要不要來喝點什麼？」

「好主意。」

沙也加從超商袋子裡拿出罐裝咖啡和瓶裝可樂，好久沒見到有這種瓶蓋的瓶裝可樂了。聽到我這麼說，沙也加「啊」了一聲，皺起了眉頭。

「我真笨，根本沒有開瓶器，竟然還買這種東西。」

「廚房可能有吧。」

「我去找找看。」沙也加拿著手電筒走去廚房。

一、兩分鐘後，她從廚房回來了。

「有開瓶器嗎？」

「有是有，」她舉起手上的開瓶器，「但我發現一件奇怪的事，你要不要過來看一下？」

「怎麼了？」我站了起來。

「你打開這裡看看。」來到廚房後，她指著小冰箱說。二十多年前，普通家庭可能都是用這種大小的冰箱，帶有弧度的設計很復古。

我握住把手，打開了冰箱。因為沒有電，所以冰箱當然沒有運轉，但令人驚訝的是，冰箱裡竟然有東西。裡面放了罐頭食品和罐裝飲料。罐頭都是牛肉、蜜豆水果和咖哩，飲料全都是果汁。

「你覺得冰箱裡為什麼會有食物？」沙也加問。

「原本住在這裡的人離開時忘記帶走了吧。」

「但你看一下日期。」

「日期？」我拿起果汁罐，看了製造日期，是兩年前的日期。

「我猜想可能是我爸爸放的，會不會一直放到今天？」

「很有可能，可能那時候還有電。」

「如果是這樣的話，你覺得為什麼要買這些食物？而且都是罐頭。」

「嗯。」我找不到適當的答案回答沙也加的問題，只能發出呻吟。

「唯一確定的是，我爸爸並不是買給自己吃的。」

「為什麼？」

「因為我爸爸最討厭吃牛肉罐頭。」沙也加很有自信地斷言道。

我們決定回到客廳，吃簡單的晚餐。她喝可樂，我喝著咖啡配三明治。我們並沒有找到合理的答案解釋冰箱裡的食物。

「說回日記的事，」她一手拿著可樂瓶說道，「日記上不是寫，『他好像打算睡一樓的房間』嗎？你覺得是一樓的哪一個房間？」

「應該是那個和室吧？」

「但那裡感覺像是客房，不像是有人作為自己的房間使用。」

「雖然是這樣，但日記上不會寫謊話，可能因為某種原因，決定使用那個房間吧。」

「是嗎？」她一臉無法接受的表情，把可樂瓶舉到嘴邊，但沒有喝，就轉頭看著我說：

「你不覺得二樓的房間也有點奇怪嗎？佑介的父親不是死了嗎？為什麼還把他的衣服掛在外面，書桌也保持原來的樣子？」

「為了回憶吧？有不少人會讓死者的房間保持生前的樣子。」

「但……我還是覺得不對勁。」

「繼續看下去，應該就知道了。」我用咖啡把最後一塊三明治吞了下去，再度拿起了日記。日記中，佑介終於升上了六年級。從這個時期開始，又出現了關於「那傢伙」的內容，但和之前的內容大不相同。

「四月十五日　陰天。晚上，我在自己房間，那傢伙走了進來，對我大聲咆哮，說我在鄰居面前說他的壞話。我告訴他，我說的都是事實，他脹紅了臉，甩了我一巴掌。我的臉上有他留下的紅色手指印，雖然冰敷了，但還是有點痛。」

「四月三十日　雨轉多雲。我放學回家，看到他坐在沙發上看報紙。我沒理他，想要走去廚房，他突然發脾氣，說我斜眼看他。我說，我沒有這麼做，他踢我的肚子。這時，電話響了，我躲過一劫，否則會被他打得更慘。這一陣子，媽媽完全都不幫我。」

「五月五日　晴天。我不想留在家裡，所以一大早就去同學家玩。傍晚回到家，看到媽媽在哭。我問媽媽怎麼了，媽媽沒有回答。半夜的時候，那傢伙喝醉酒回來。」

越看越搞不懂「那傢伙」到底是誰。他滿不在乎地對佑介動粗，而且理所當然地住在這個家裡，感覺不像是親戚而已。

「我漸漸覺得妳剛才的猜測很有道理，看這個男人的行動，感覺就是母親的再婚對象漸漸變得野蠻粗暴。」

「我就說吧？」

「但我還是無法理解，為什麼這麼快就再婚。」

「是啊，」沙也加拿起日記，翻開下一頁後，露出了柔和的表情，「佑介還是很喜歡茶米。」

「上面寫了什麼嗎？」

「對啊，『五月七日　雨天。我用紙團和茶米玩傳接球，茶米一開始不太會玩，但很快就學會了。』」

「貓會玩傳接球嗎？」

「會啊，會用兩隻手夾住。我曾經看過我朋友家的貓這麼玩。」

「是喔。總之，無論好的方面還是壞的方面，佑介都受到新同居人很大的影響，日記上也幾乎不再提到其他人的事。」

「對啊。啊！『彌姨』終於又出現了。」沙也加說完之後，拿著日記的手僵住了，雙眼注視著某一點。

「上面寫了什麼？」我問。

她看著我，把日記本緩緩遞到我面前。我接了過來，看著那一頁。那天是五月十一日。

「五月十一日　晴天。傍晚的時候，彌姨帶她的女兒來家裡，說想要來看茶米。

我把茶米帶了過來，彌姨的女兒口齒不清地說：『午安，我是沙也加。』她的聲音很可愛。」

我倒吸了一口氣，看著沙也加。

第三章

1

我們默默無言地注視著，沙也加先移開了視線。

「妳出現在這裡，」我對她說：「我不認為剛好有另一個叫沙也加的人，這個沙也加就是妳。」

沙也加沒有說話，從沙發上站了起來。她巡視周圍，搖搖晃晃地在室內走動。她在窗前停了下來，回頭看著我。窗外仍然下著大雨。

「所以說，我以前果然來過這裡。」

「應該是這樣。」

「難怪……」她輕輕嘆了一口氣，「這種奇怪的感覺並不是幻覺記憶。」

「妳剛才不是說，記得有人帶妳來這棟房子嗎？那個人應該是『彌姨』。」

沙也加把手放在額頭上，皺著眉頭，似乎在整理複雜的思考。不一會兒，她終於開了口。

「所以，『彌姨』就是我媽媽？」

「應該是，妳媽媽叫什麼名字。」

「民子。市民的民，子孫的子。」

「民子嗎？我知道了，」我點了點頭，「大家可能都叫妳媽媽民姨，但年幼的佑介聽成彌姨，或是他的舌頭不輪轉，所以只能發出這個音，應該就是這麼一回事吧。」

「彌姨……」她小聲嘀咕後抬起頭，「所以，我媽媽曾經出入這個家嗎？」

「這是唯一的合理解釋，而且根據剛才看的內容，妳媽媽很可能是在這裡當幫傭。」

沙也加微微偏著頭，看著燭火，也許她在努力尋找消失的記憶片刻。

「妳有沒有聽說妳媽媽以前曾經做過幫傭這件事？」

她立刻搖頭。

「從來沒有，而且，我幾乎對我媽媽一無所知。」說完，她淡淡地笑了笑說：「我對自己也不瞭解，這也是理所當然的。」

我沒有回答，低頭看著日記。

「我覺得就像剛才說的，你們在某個時期可能住在這附近，之後才搬去橫濱。」

「這家人對我家應該有重大的意義，但爸爸為什麼從來沒有向我提起這家人的事？」

「正因為有重大的意義，所以才會隱瞞吧。」

「應該是這樣，」她緩緩伸手拿日記，「彌姨……喔。」她輕聲嘀咕後，又重新看了剛才已經看完的日記。「這些都是在說我媽媽，說她很會挑好吃的西瓜，來這裡為佑介做飯，都是我媽媽。」

她既對能夠在這裡看到幼年時代就失去的母親相關的紀錄感到欣喜，卻也為自己對日記上所寫的母親完全沒有記憶感到焦躁，所以她臉上的表情很複雜。我沒有說話，看著她重新看著關於「彌姨」的部分。

沙也加看完第一頁後，把日記放在桌子上，又輕輕嘆了一口氣。

「我媽媽好像很開朗……」

「看來妳的記憶有偏差。」

「是啊，」她淡淡地笑了笑，「在我的記憶中，媽媽身體一直不好。」

「看日記的內容，完全不覺得『彌姨』身體虛弱。」

「我也想到了這一點。」沙也加蹺著腿，托著腮，把手肘放在腿上。

我翻著日記，在第一次出現「沙也加」的名字之後，又多次出現。

「五月二十日　陰有時有雨。我放學回到家，沙也加來家裡玩。她和茶米玩追著跑遊戲，茶米也為有伴一起玩感到高興。」

「六月一日　雨天。我在自己房間寫功課，門突然打開，沙也加走進來了，小聲對我說『對不起』，每次她來家裡，家裡的氣氛就很開朗。那傢伙也不會對沙也加動手。」

「佑介和御廚家的人顯然都很喜歡妳。」我把日記遞到沙也加面前說。

「不知道有沒有提到我家的事。」

「可能有，繼續看下去吧。」

但是，日記中幾乎沒有關於「沙也加」家庭的內容。看了日記之後發現，佑介的日記內容大部分都是寫家中發生的事，尤其在他父親死後，這種傾向特別明顯，原因應該和「那傢伙」有關。

「六月二十六日　雨天。那傢伙整天都在喝酒，所以我盡可能都留在自己房間。我把門從內側鎖住了，那傢伙晚上喝得爛醉回來，用力敲我房間的門，還大聲叫我開門、開門。如果我開了門，不知道會發生什麼事。我很害怕。即使他安靜下來之後，我也不敢去上廁所。」

「七月十日　陰天。正在吃晚餐時，那傢伙回來了。因為他又喝醉酒，我立刻回自己的房間，他見狀立刻問我為什麼要逃，然後用力推我。我差一點受傷。媽媽想要制止，他越鬧越凶，把桌上的東西全都掃在地上。那傢伙腦筋有問題。」

情況越來越糟糕了。我暗想著。「那傢伙」的暴力行為越演越烈。

「八月十二日　雨天。真希望生活中沒有那傢伙，我的日子過得很開心，但他的出現破壞了一切，這個家也快毀了。」

「八月三十一日　晴天。暑假到今天結束了，我鬆了一口氣。去學校時，至少不會見到他。真希望沒有假日，也沒有星期天。」

「九月八日　晴轉雨。那傢伙又在鬧了，我完全不知道他在生什麼氣。他大聲咆哮，亂丟東西，把玻璃窗也打破了。我想要逃，他用菸灰缸從我背後砸了過來。菸灰缸打到了我的頭，痛死我了。我摸了一下，發現腫了一個包。我瞪了他一眼，他又發瘋了，用力踢我的側腹。媽媽只能不停地哭。」

看到佑介遭到家暴，我突然想到一件事，看著沙也加的臉問：

「妳是不是看到了這種畫面？」

「這種畫面？」

「就是佑介被男人打的畫面，妳記不記得？」

沙也加皺著眉頭，用力眨眼睛，然後搖了搖頭。

「好像看過，但我不太清楚，也可能是在電視或是其他地方看過……」

「所以，妳並沒有這方面的明確記憶。」

「嗯，」她點了點頭，訝異地看著我問：「你想說什麼？」

我遲疑了一下，舔了舔嘴唇後開了口。

「佑介的年紀雖然不算是幼兒，但還是小孩子，那個小孩子遭到『那傢伙』的家暴。另一方面，名叫『沙也加』的女孩，也就是妳在那時候經常出入這個家，當然有機會目睹這些暴力行為。」

「所以就在我的記憶中留下深刻印象，對我的行為產生影響，讓我變成一個不懂得怎麼愛孩子的人——」她用好像在背書般的語氣說完後，露出真誠的眼神看著我問：「你是不是這個意思？」

「即使不是妳自己受到了虐待，如果多次看到這種畫面，受到某些影響也在情理之中。」

沙也加聽了我的話，認真思考著，有好幾分鐘都沒有說話。我也沉默不語。遠處又響起雷聲。

「我也不知道。」她低著頭說道，聲音有點沙啞，「希望有多一點思考的材料。」

「也許吧，」我點了點頭，「我無意強迫妳接受這種想法，只是說，也無法排除這種可能性，只要作為參考就好。」

「我會參考，」她伸手拿起日記，「剩下不多了。」

「嗯，希望可以找到什麼線索。」

佑介在之後的每篇日記中都提到了遭到「那傢伙」的毆打，和對「那傢伙」的痛恨。在那一年的年底，他終於下定了決心。

「十二月十日　陰天。我已經忍無可忍，不想繼續住在這裡。我要離家出走。要去哪裡？哪裡都好，我不想繼續留在這裡。我要帶上所有的錢，搭電車去很遠的地方。不管什麼工作我都可以做，反正無論怎麼樣，都勝過繼續住在這裡。」

但是，他並沒有真的離家出走。雖然不知道其中的原因，但不像是衝動平靜下來而已。佑介之後也經常寫到他很想離家出走。

「十二月三十日　晴天。再過一天，今年就結束了。這是我最糟糕的一年。想到明年還要繼續過這種生活，我快要發瘋了。真希望去很遠的地方，最好是像牧場一樣的地方，我可以照顧牛和馬。但如果我離開，大家一定很困擾吧。我不想太自私。到底該怎麼辦？」

「一月一日　陰轉雨。那傢伙說要把親戚找來一起迎接新年，我覺得他根本是找藉口喝酒，果然不出所料，他大口喝著葡萄酒和威士忌，但今天他沒有鬧事，心情好得讓人心裡發毛，還給了我一千圓當紅包。我把一千圓當成離家出走基金，不管他裝得多親切，我也不可能受騙上當。」

「一月三日　晴天。今天真冷。出門時，第一次戴上了媽媽為我織的藍色手套。好溫暖。那傢伙安分了兩天，在親戚叔叔離開後，他又突然發脾氣，說我看不起他，用力打我的頭，還推媽媽。事到如今，我只能離開這個家，但還是猶豫不決。因為我不能一個人逃走。」

佑介似乎因為擔心繼續留在這個家裡的媽媽，所以遲遲無法下定決心離開這裡。我能夠理解這種心情，卻無法理解他母親的態度。為什麼不制止「那傢伙」的行為？如果無法阻止，為什麼不離開這裡？

那天之後，一直到最後一天寫日記的二月十日為止，幾乎都是差不多的內容。他在想要離家出走，和無法一個人逃走的想法之間搖擺不定。

只有一個地方出現了不太一樣的內容。

「一月二十九日　晴天。我很在意昨天的事，今天一整天都沒有心情做其他事。我覺得很噁心。今天晚上也會發生那件事嗎？搞不好以前都一直發生。只是昨晚我去上廁所，剛好聽到了那個聲音，搞不好以前只是沒聽到而已。果真如此的話，真是太噁心了，我快要吐了。今天我從學校回家時，在庭院打了照面，但我立刻逃走了。不知道明天該怎麼辦。」

我想知道前一天發生了什麼事，翻到前面那一頁，並沒有一月二十八日的內容。

「到底發生了什麼事？佑介到底看到了什麼？」我問沙也加。

「他只寫聽到了聲音，而且是半夜。三更半夜聽到奇怪的聲音，照理說應該感到害怕。」

「但佑介覺得噁心。」

「還說想到可能每天晚上都發生，就覺得很噁心。」

「所以……」

「嗯。」她瞥了我一眼，垂下了眼睛。

我嘆了一口氣，找不到任何理由否定佑介目擊了性行為的可能性。所以，「那傢伙」果然是他的新父親嗎？

看完最後一篇日記，我闔上了日記本。我似乎受到了佑介情緒的影響，心情也很沉重。

「好了，」我輕輕拍了拍自己的大腿，「日記已經看完了，接下來要做什麼？」

「是啊，」她注視著日記本的封底後問：「為什麼日記只寫到這一天？後面還有空頁啊。」

「可能寫到這一天後，佑介就離開這個家了。」

「離家出走嗎？」

「可能吧。」

「這不是太唐突了嗎？雖然他在日記中多次提到要離家出走，但每次都很猶豫啊。」

「可能發生了什麼讓他下定決心的事。」

「既然這樣，應該會在日記中透露一些線索啊。而且，我覺得如果離家出走，不可能把日記本留下來。在整理行李時，會最先把日記本帶走，否則至少會燒掉。」

「這個嘛……」我沒有繼續說下去。因為我找不到反駁的理由。她的意見很正確。

「但是，那時候的確應該發生了什麼事。」沙也加自言自語地說，「因為佑介的房間仍然停留在他小學六年級時的狀態，和這本日記結束的時期一致。」

「要不要再去他房間看看？也許可以找到後面的日記。」

「嗯，我贊成。」她拿起手電筒站了起來。

走進佑介的房間後，點了蠟燭，開始在房間內檢查。首先仔細檢查了書架上的每一本書，然後又檢查了書桌，但並沒有看到像是日記的東西。我們也打開了小型整理櫃的抽屜，裡面放著還沒有拆封的新內褲和襪子。

「沒有。」

「是啊。」正在檢查書桌抽屜的沙也加用疲憊的聲音說完，坐在床角。床的彈簧似乎已經生鏽，發出刺耳的金屬聲。

「好了，」我在佑介的小椅子上坐下來後蹺著腿，「接下來該怎麼辦？這個房間內恐怕找不出任何東西了，所以，去看看他父母的房間？還是那個金庫？不知道能不能設法打開。」

「即使不是重要的東西，也希望能夠找到有關於我和我媽媽的線索。」沙也加幽幽地說。

「妳和彌姨……嗎？」我抓了抓太陽穴。

看了佑介的日記，覺得對御廚家來說，沙也加和她母親只是第三者，但即使如此，沙也加沒有幼年時代的記憶這件事，仍然和這個家有某種關係嗎？

沙也加嘆了一口氣，用指尖按著雙眼。

「妳累了吧？」我說，「在黑暗的地方看太久，眼睛會很吃力。」

「有一點。」她苦笑著，然後恢復嚴肅的表情說：「剛才你說的話也許有道理。」

我不知道她指哪些話。

「剛才的話？」

「你說我因為多次目睹佑介被家暴，所以造成了性格的扭曲……」

我皺著眉頭，「我並沒有說造成妳的性格扭曲，只說可能受到影響。」

「不，我的性格很扭曲，我相信你應該早就看出來了。」

「我完全沒看出來。」我回答，「在妳告訴我這些事之前，妳看起來很正常啊。」

「你以前就這麼覺得嗎？」

「對啊，以前就這麼覺得，否則我怎麼可能和妳交往。」

「是喔……」沙也加撥起劉海，拿著手電筒，在膝蓋前打開又關上。當打開手電筒時，可以看到她裙褲的深處。

她突然嫣然一笑，然後對我說：「所以，到頭來還是我一廂情願囉？」

「妳在說哪一件事？」

「這次我又重新回想了和你之間的事，以前我和你交往時的事。」她說，「然後我發現，你應該以前就注意到我的缺陷，在瞭解我這些缺陷的基礎上，努力理解我這個人。除了你以外，沒有任何人這麼做，所以，我才會被你吸引。」

我苦笑著。

「妳太高估我了，但應該所有的情侶都這麼想，都覺得自己和別人不一樣。」

「我說的不是這個意思，該怎麼說呢……」沙也加說完之後，自嘲地笑了笑，然後聳了聳肩，「我真蠢，即使現在再怎麼用力說這件事，也根本沒有意義。算了，不說了，如果讓你心情不好，我道歉。」

「沒關係啦。」我抱著雙臂，順勢閉上了眼睛。

2

高二那一年分到同班後，我才認識她。在此之前，我甚至不知道她和我同一年級。因為她是很普通的女生，很不起眼，至少在我眼中，她是這樣的女生。但和她同桌，開始聊天後，我發現她這個人和外表給人的印象不同。

她不會像其他眾多女生一樣瘋癲、聒噪，總是躲在別人背後，旁觀事態的發展。起初我以為是她性格內向所致，但很快就發現並不是這麼一回事。其他同學無憂無慮地笑彎腰時，沙也加看他們的雙眼宛如在觀察實驗動物的學者，或是像在觀看「高中二年級」這齣舞台劇的觀眾。她自己絕對不會站上舞台，這種個性和她孩子氣的外表很不搭調。

這樣的沙也加讓我感到新鮮，覺得和她聊天應該很開心。當時，我因為功課比別人稍微好一點而自以為了不起，雖然表面上待人親切，但內心覺得「每個人都幼稚無聊透頂」。

「倉橋，妳是不是常常覺得很無聊？」有一次，我這麼問她，「妳好像總是高高在上地看別人。」

她沒有反駁，反而問我：

「那你呢？我覺得你也這樣。」

聽到她這麼問，我有點得意。

「我嗎？嗯，我的確覺得有點無聊。」

她聽了我的回答，意味深長地笑著點了點頭。

「是啊，我也覺得有點無聊，但又覺得這也是沒辦法的事。」

「為什麼？」

「因為，」她聳了聳肩，「因為大家都還是小孩子啊。」

這句話令我興奮不已。

有一次，學校附近的公民館以大學生為對象，舉行了「學生該如何因應國際化社會，並發揮自身的作用」的演講。我邀沙也加一起參加。

「雖然我也可以自己去，但聽完這種演講，和其他人一起討論更有意思，而且，我相信妳在聽演講時不會打瞌睡，其他人恐怕連高峰會是什麼都聽不懂。」

她淡淡地笑了笑，回答說：「很有可能。」然後答應和我一起去聽演講。

那次之後，迅速拉近了我們之間的距離。我們不時一起去咖啡廳聊天，接著開始在假日約會。我們聊了很多事，也不拘泥任何領域，彼此只約定一件事，絕對不在無聊的對話上浪費時間。

「我一直在尋找可以聊這種話題的朋友。」我對她說。

「我也是。」她也這麼對我說。

不久之後，我們在她家附近的暗巷接吻，在第一次約會的一年後，在她房間做愛。那是我的第一次性經驗，她說也是她的初體驗。

「但這種事根本無所謂，」我當時對她說，「每個人都在做，就和衣食住行一樣，認為這種事有重大意義的想法太無聊了。」

沙也加聽了之後也說：

「我們也不要因為這樣就依賴對方。」

「那當然。」我回答說。

我不知道這樣算不算瞭解沙也加，但我反而覺得是她很瞭解我，因為那時候，我在尋找這樣的人。

「你睡著了嗎？」

聽到聲音，我張開了眼睛。沙也加探頭看著我。

「不，我只是在發呆。」

「我想去對面的房間看一下。」

「好，那我和妳一起去。」我站了起來。

沙也加從床上站了起來，這時，格子圖案的床罩角落露出白色的東西。好像是紙板。

「那是什麼？」

我翻開床罩，發現枕頭旁放了一張簽名板。我拿起簽名板，上面寫滿了密密麻麻的字，感覺像是贈言。我用手電筒照著簽名板。

其中一句贈言映入我眼中。我的身體頓時好像被鬼壓床似地完全無法動彈。

「怎麼了？」沙也加在一旁問道。

我把簽名板緩緩轉向她，用食指指著其中一句話。她張大眼睛，說不出話。

御廚佑介，請你安息吧——簽名板上寫了這句話。

3

我並不是沒有想到這種可能性。這個房間的時間停留在佑介讀小學六年級的時候，日記也以很不自然的方式突然中斷，我的確曾經想像過這種可能性。只是這種想像太黑暗、太不祥，所以我並沒有說出口。

我拿著簽名板，重新在椅子上坐了下來，看著簽名板上的每一則贈言。

「御廚，希望你在天堂很幸福。山本宏美」

「再見。我會珍惜零戰的模型。藤本洋一」

「我無法相信。我很難過。我很想再和你一起玩。小野浩司」

班上的同學用不同顏色的簽名筆，對他的死表示哀悼。應該是葬禮那一天，班導師交給家屬的。不難想像，簽名板上的每一句話都讓家屬，尤其是佑介的母親動容。

有兩句話吸引了我的目光。

「馬上就要畢業了，真難過。太田康子」

「以後每年的二月十一日，我都會想起你。田所治」

既然同學在贈言中說「馬上就要畢業了」，代表佑介是在六年級的時候離開了人世，二月十一日正是最後一篇日記的翌日。佑介並不是不寫日記了，而是無法再寫日記了。

「妳有什麼想法？」我把簽名板交給沙也加。

「什麼想法？」

「佑介的死因啊。他為什麼突然死了？從他的日記看起來，並不像是生了什麼病。」

「所以就是意外身亡，車禍嗎？」

「如果正常的話，應該是這樣。小學生意外身亡，八成是車禍。」

「如果正常的話……你覺得不正常嗎？」沙也加抬起頭，微微偏著頭問。

「不，我並沒有任何根據，只覺得不像是單純的意外。妳記得他最後一篇日記的內容嗎？他希望『那傢伙』去死，之前雖然多次寫下憎恨的話，但那是第一次，也是最後一次用到『死』這個字眼，結果，第二天死的不是『那傢伙』，而是佑介。這只是巧合而已嗎？」

沙也加聽了，露出緊張的神情，「你想說什麼？」

「我並不是有什麼明確的想法，只是覺得不單純，所以才這麼說。」

「聽你這麼說，好像佑介的死有必然性。」

「沒有任何理由可以認為他的死是出於偶然。」

「如果不是偶然，那到底是什麼？難道有人殺了佑介嗎？」沙也加站在那裡瞪著我，看到她生氣的樣子，我有點意外。也許看了那些日記後，她對佑介產生了感情。

我輕輕笑了笑，「並非只有他殺才是有必然性的死亡。」

「那……」

「也可能是自殺。」我立刻回答。她倒吸了一口氣，我觀察著她的表情繼續說了下去，「雖然目前還不知道『那傢伙』是誰，但佑介顯然為了他煩惱不已。煩惱到最後，決定自我了斷也是可能發生的情況。」

「但他看起來不像是這麼脆弱的人。」

從她這句話，我知道她的確對佑介產生了移情作用。

「並不是每個自殺的人都很脆弱，但我剛才也說了，我並沒有任何根據，只是認為也不能排除這種可能性。」

沙也加似乎不願意這麼想，不滿地沉默不語。

「總之，先去他父母房間看看。」我再度從椅子上站了起來。

沙也加把手上的簽名板放回枕頭旁，像剛才一樣拉好床罩。

我們走進佑介父母的房間，兩人分頭檢查了每一個角落。沙也加說，佑介的父親可能也寫日記。因為當初是他建議兒子寫日記，所以他本身也可能有這個習慣。的確有這種可能。

但我認為即使找到了佑介父親的日記，也不知道有多少參考價值。因為佑介死的時候，他的父親早就已經離開了人世。

我走向壁櫥，準備挑戰打開金庫。雖然金庫很舊，但很牢固，即使可以撬開，恐怕也要費不少工夫。

正當我在煩惱時，沙也加問：「這是什麼？」

我看向她，她跪在地上，一隻手伸進書桌下方，不一會兒，拉出一個棕色紙袋。

「裡面好像有東西。」我說。

沙也加看著紙袋內說：「是信紙，好像是信。」

「妳拿出來看看。」

她巡視室內，最後把紙袋裡的東西倒在床上。有十幾組摺起的信箋，感覺像是書信，卻看不到裝這些書信的信封。我拿起其中一封信，變質後失去彈性斷裂的橡膠碎片黏在角落，可能之前用橡皮圈把這些信綁在一起。

我最先拿起的那封信有三張信箋。在看書信內容之前，先看了最後的部分。因為我想知道是誰寫給誰的信。

信末用藍色鋼筆寫著漂亮的字。

「八月三十日　御廚啟一郎

致中野政嗣」

我有點意外。因為我原本以為是御廚家的某人收到的信，沒想到是相反的情況。我把這件事告訴了沙也加。

「這封也一樣。」正在看其他信的沙也加說，「每一封都一樣，都是御廚啟一郎寫給中野政嗣的信。」

「御廚啟一郎可能是佑介的父親，中野政嗣是誰呢？」

「我剛才在哪裡看過這個名字，是在哪裡看到的呢？」沙也加邊說邊走向書架。

我低頭看著手上的信箋。「拜啟」之後是時令問候，接著是以下的內容。

「長子的事，承蒙您日前大力幫忙。剛才接到學校方面的通知，同意錄用他。如此一來，終於可以避免他前途茫茫，度過碌碌無為的人生。真的萬分感謝。

說句心裡話，我有一種卸下重擔的感覺。雖然有人建議，可以讓他繼續努力看看，但我認為目前的結果很好。一升的容器只能裝一升的酒，他只是一升的容器，所以我也決定放棄。給老師添麻煩了，真的很抱歉。」

到底是怎麼回事？我偏著頭思考。信中的「長子」不像在說御廚佑介，因為和之後的內容不符合。「錄用」又是怎麼一回事？

「找到了，就是這本書。」沙也加拿了一本很厚的舊書走了回來，「你看這本書的作者。」

她給我看一本名為《法學體系》的書，在審定欄內寫著中野政嗣這個名字。我打開書，檢查有沒有關於這個人物的介紹內容。在最後一頁介紹了他的簡單經歷。他是某某大學法學院的教授，根據他的生日推算，如果目前還活著，應該已經九十多歲了。

「御廚啟一郎可能是中野政嗣的學生，或者是學弟。」我把剛才那封信拿給沙也加，她立刻露出匪夷所思的表情。

「這個長子是誰？佑介嗎？」

「如果是他的話就太奇怪了，」我在說話時，看著《法學體系》的版權頁，上面印了三十多年前的日期，但是，旁邊的字更引起了我的注意。「咦……？」

「怎麼了？」

「妳看這裡，這本書也是在二手書店買的。」

我指著版權資料旁用鉛筆寫的價格。沙也加皺起了眉頭。
「太奇妙了，對方是恩師或是學長，竟然在二手書店買他的書。」
沙也加看了看我，又看了看書，我對她搖搖頭，表示我不知道答案。
「算了，先看其他信再說。」
每一封信後面都寫著日期，只是並沒有寫年份，所以無法從最早的一封信開始讀。我和沙也加一起坐在床上，分別用手電筒的光看著各自手上的信。雷聲不知道什麼時候停止了，雨也停了，但風似乎變大了，呼呼呼的聲音聽起來好像不吉利的口哨聲。
「收到您日前送來的厚禮，萬分感謝。我很喜歡，內人更喜歡，她比我更高興。至於我那個蠢兒子，今年又落榜了。雖然老師提供了寶貴的建議，但他太不成材了。看到他的日常生活，有時候忍不住懷疑是不是時下的年輕人都像他那樣，有時候又悲觀地覺得，只有他特別散漫。總之，始終讓我頭痛不已，想到還要持續一年，覺得厭煩之至，而且，也沒有人能夠保證明年就可以消除這個煩惱。還是說，現在比我當年更難了嗎？
很抱歉，忍不住寫了這些抱怨的話。看到老師依然如故，倍感安心。天氣越來越冷，敬請保重身體。」

這封信的日期是十二月二十日。中野政嗣似乎寄給御廚啟一郎什麼「厚禮」，長輩不可能送歲末禮給晚輩，一定是御廚啟一郎先送了歲末禮，對方回送的禮。

令人在意的是，啟一郎的兒子似乎沒有通過什麼考試。到底是什麼考試？從信的內容來看，似乎每年都會舉行。

「你看一下這個。」當我陷入沉思時，沙也加對我說話，「這裡提到了佑介的名字。」

我接過她遞過來的信箋，看了信的內容。

「感謝您在第一時間道賀，雖然在出生之前，覺得生男生女都沒關係，但知道是兒子時，內心還是忍不住雀躍不已，您儘管笑我膚淺。

我為他取名為佑介。那是我想了一晚取的名字，至少希望這孩子能夠出人之右。

等佑介稍微長大，再和內人一起登門道謝，到時候會事先和您聯絡，先在此向您道謝。」

我看了兩次後抬起頭。

「至少希望這孩子……」

「我也很在意那句話，」沙也加說：「好像在佑介之前，有一個不符合期待的孩子。」

我又拿起剛才看過的信。「原來佑介並不是長子，這封信上寫的那個沒出息的兒子才是長子。御廚夫婦有兩個兒子。」

「所以御廚家是一家四口嗎？」

「這樣的話，很多事就有了合理的解釋。」

「佑介和他哥哥相差很多歲。」

「我們剛才不是就討論，佑介是他父母很晚生的孩子嗎？而且和相簿上那個奶奶是佑介母親的推論之間也沒有矛盾。」

「對……」沙也加點著頭，探頭看著我手上的信，「這上面寫的『考試』到底是什麼？」

「我剛才也在想這件事，我認為是司法考試。從文脈來看，應該不是考大學。既然不是考大學，御廚啟一郎一心想要兒子考的，就只有司法考試了。」

「御廚先生好像是法律方面的專家，難道希望兒子繼承自己的衣缽嗎？」

「八成是，但長子考了多次都沒考上，啟一郎只好放棄讓兒子走法律這條路的念頭，讓他去學校當老師。」

「老師？」

「這封信上寫的啊。」我拿起第一封信，「不是寫著收到學校方面的通知，願意錄用他嗎？我在想，可能是學校僱用他當老師。當不成法律人，就去當社會科的老師吧。」

「一升的容器只能裝一升的酒……」沙也加聳了聳肩，「所以，御廚先生把希望都寄託在佑介身上。」

「應該是這樣，很可惜，啟一郎沒有看到佑介長大就死了，但是，這樣的結果或許比較好，因為如果活著，就會看到佑介死了。」

「嗯……」沙也加似乎想到了什麼，睫毛動了一下，「如果御廚先生把希望寄託在佑介身上，被放棄的長子不知道有什麼感想。」

「我也在想這件事。」我說。

她張大了眼睛，「所以你也覺得，『那傢伙』就是長子嗎？」

「應該不會錯，在佑介開始寫日記時，長子並沒有住在這裡，但在父親死後，他又搬了回來。」

「然後開始對佑介暴力相向。」

「應該就是這樣。」

沙也加不悅地撇著嘴角。

「總之，看完其他信之後再做判斷。」

「嗯。」她伸手拿起那疊信。

我們的推理並沒有太大的錯誤。從信的內容，大致瞭解了御廚家當時的情況。

「感謝您日前的來信，宇野終於要回國了嗎？我們這些老同學也都對他的活躍表現讚不絕口。等他回國後，一定要聚一聚。

很驚訝您竟然知道第二個孩子也將出生一事。因為我覺得這種事不值得報喜，所以一直沒通知您，很抱歉。因為老大是兒子的關係，所以這次覺得無論男女都好。」

這封信應該是在佑介出生之前寫的，雖然啟一郎在信中說「無論男女都好」，但之後看到是兒子，還是喜不自勝。

長子在成為教師後，似乎又結了婚，中野政嗣也參加了他的婚禮。有一封信這麼寫——

「辦完長子的婚禮，稍微鬆了一口氣。婚禮當天沒有好好向您致意，恕我失禮了。長子和媳婦已經從蜜月旅行回來，也來家裡打過招呼了，很希望他趁這個機會可以長大。媒人在婚禮當天的說明有點費解，所以在此向您補充說明。媳婦的娘家是內人的遠親，經營食品批發業。家中有兩個姊妹，她是妹妹。高職畢業後，就在家裡幫忙做生意。雖然個性很好，但身體有點虛弱。原本我希望找一個能幹的女孩當媳婦，所以內心小有遺憾，但有人願意嫁給那種男人，我或許就應該心存感激。
今後可能還會有很多事要向老師請益，請老師多多指教。
最近的天氣一直不穩定，請多保重身體。」
從信的內容來看，啟一郎仍然對兒子的未來充滿不安，但他的洞察力顯然相當驚人。因為接下來的兩封信，就印證了他的不安。
「很抱歉，沒有及時向您報告，我兒子再婚了。對方是一個以彈鋼琴為業的女孩，沒有父母。雖說是彈鋼琴，但並不是在漂亮的音樂廳演奏，而是在酒店彈鋼琴。也是在那裡認識了她。
正如您所知，之前的媳婦在兩年前因病去世，之後有不少人想為小犬介紹再婚對象，但我都拒絕了。因為我認為他還沒有能力建立家庭。我總覺得之前的媳婦淪為小犬的犧牲品。
我不知道小犬是否比當時稍有成長，一心希望他趕快長大成人。」
原來長子的第一任妻子死了。可能罹患了很重大的疾病吧。
這次再婚也以失敗告終。
「很抱歉，這次又讓您擔心了，金錢方面的問題總算談妥了，學校方面也以主動離職的方式解決了。這次的事讓我又氣又惱，已經搞得我精疲力竭。日前親戚都來到我家，討論了他今後的事，當然沒有任何人對於做出那種丟人現眼行為的人表示同情。身為教師，怎麼可以賭博？而且還欠下龐大的債務，造成眾人的困擾，但當事人毫無反省之意。有人認為他的精神狀態絕對有問題，必須立刻宣告他是禁治產人。可悲的是，我無法反駁這種意見。

雖然我很希望他能夠在我的監督下重新做人，但我的年紀也不輕了，如果無法讓他改過向善，會對佑介帶來不良影響。老實說，這次的事發生後，我最擔心的並非當事人，而是佑介的將來。幸好佑介並沒有把這件事放在心上。

第二個媳婦也跑了，身為父親的我，完全不知道我兒子接下來要如何生活下去。希望目前能夠監督他，督促他走上正道。

老師，您的身體怎麼樣？我的朋友中有醫術高明的醫生，如果您願意去看一下，請隨時和我聯絡。」

由於信上都沒有寫年份，所以不知道長子第二段婚姻持續了多久，但從信的內容可以瞭解到離婚的原因。

「佑介的哥哥真是一個無藥可救的人。」沙也加嘆著氣說道。

「這麼一來，大致掌握了整體的輪廓，『那傢伙』果然就是長子，問題是佑介為什麼會死了。」

「是啊，」沙也加點了點頭，眼神渙散地看向牆壁，「如果知道這件事，不知道能不能找回我的記憶。」

「嗯，很難說。妳只是偶爾來這個家裡玩——也許只是這樣而已。」我直率地表達了自己的意見。

但她偏著頭，似乎並不同意我的看法，然後問我：「所有的信都看完了嗎？」

「還有一封。」我打開最後一封信，看了信的內容。這封信上既沒有提到佑介，也沒有寫長子的事，主要是關於工作上的內容，應該沒有太大的關係。我正想這麼告訴沙也加時，目光釘在某一點上。那是附記的部分。我忍不住「啊」了一聲。

「怎麼了？」

我默默把信交給她。沙也加看著信，表情越來越凝重。看完之後，她的眼眶泛紅。

「這是我爸爸？」她問。

「好像是。」我點了點頭。

信上寫了以下的內容。

「附記　我家的司機將和幫傭結婚。那位司機就是我之前向您提過的，來我家偷東西的那個人。看到他洗心革面的態度，深刻體會到，懲罰並不是我們唯一能做的事。」

沙也加再度低頭看著信上的內容，拿著信的手微微發抖。

「我爸爸以前果然在這裡，住在這裡。」

「仔細想一想，既然能夠僱用幫傭，當然也應該有自家的司機，我太大意了。」

「但是，我爸爸竟然想偷東西……」

「在那個時代，每個人的日子都不好過，妳不必放在心上。而且，從信的內容來看，只是未遂，也沒有報警處理。」

「非但沒有報警，而且還僱用他當司機……」

「可見御廚先生相信妳父親的人品，知道他只是一時鬼迷心竅，才會想偷東西。」

「所以，我爸爸很幸運？」

「是啊。」我回答。

沙也加拿著信站了起來，在房間內徘徊。

「所以是恩人，」她說，「御廚啟一郎先生是我爸爸的恩人。」

「應該是。」

「這麼說，」她看著我，「這裡果然是那個奶奶的家，那個奶奶就是御廚夫人，因為我爸爸整天說奶奶是他的恩人。」

我找不到任何理由否定她的推理，我頻頻點頭。

「但是，」她皺起了眉頭，「為什麼爸爸沒有告訴我這些事？他應該告訴我啊。」

「沒有父母願意在孩子面前說自己以前犯下的錯誤。」

「是嗎？」她偏著頭說完，把信箋遞到我面前問：「我可以帶回去嗎？」

「應該沒問題吧，除了妳以外，並沒有其他人想要。」

沙也加淡淡地笑了笑，把信箋折整齊後，放進了裙褲口袋。

我站了起來，「那就這樣吧。」

「你要幹什麼？」她問我。

「我去車上拿工具，挑戰這個。」我指了指金庫，「雖然不知道裡面放了什麼。」

「可以打開嗎？」

「試了才知道。」說完，我走出了房間。

屋外傳來淅淅瀝瀝的小雨聲，周圍的草木都溶入了夜色。地面很濕滑，走到車子時，我的球鞋已經沾滿了泥巴。

為什麼會把房子建在這裡——這個疑問突然浮上心頭。如果是別墅，或許還有可能，但從事法律工作的人帶著一家人住在這裡，不是很不方便嗎？

有太多奇妙的事了，我再度認識到這一點。

雖然剛才對沙也加說要來拿工具，但我的後車廂內放的只是比做家庭木工時稍微像樣一點的工具。我不知道這些工具能派上多大的用場，但還是帶著工具箱走回房子。

走進房間時，沙也加在床上睡著了，身體縮得像一隻蝦。她應該身心俱疲，所以一下子就睡著了。我躡手躡腳地把工具箱放在地上，坐在安樂椅上。雖然椅子發出了聲音，但並沒有吵醒沙也加。

我巡視室內，思考著剛才看的信和佑介的日記，整理了信件和日記中所寫的內容，理出了大致的頭緒。

這棟房子內住了一家三口。御廚夫婦和長子，幫傭「彌姨」，也就是倉橋民子也經常出入這裡。民子因為生孩子的關係，曾經休息了一段時間。

一家之主啟一郎希望長子也像他一樣走法律這條路，卻始終無法如願。不久之後，啟一郎又有了第二個兒子，就是佑介。啟一郎對次子充滿期待。放棄了法律夢想的長子當了老師，又結了婚，但妻子在兩年後去世。不知道又過了多久，他又娶了一個彈鋼琴的女人。

之後，長子沉迷賭博，欠下了龐大的債務。事情曝光後，他辭去了教職，妻子也離開了他。

佑介在小學五年級那一年的冬天，啟一郎很可能是因為腦腫瘤去世。於是，長子又回到御廚家。

接下來的一年，長子持續對佑介暴力相向，讓他忍不住寫下「那種人去死」這種話。

二月十一日，佑介死了。

想到這裡，終於瞭解為什麼這棟房子為什麼會令人發毛。用非科學的話來說，就是可以感受到詛咒。我們必須瞭解這種詛咒是否對沙也加的記憶消失也產生了影響。

就在這時，沙也加發出了慘叫聲。因為太突然了，我從椅子上跳了起來。

沙也加呻吟著，在床上扭動了兩、三次，好像蛇在痛苦地打滾。我走了過去，抓住她的肩膀搖著她。

「怎麼了？快醒醒。」我輕輕拍著她的臉頰。

她微微張開眼睛，眼珠子轉來轉去，似乎想要尋找什麼，然後看到了我。她的肩膀顫抖著。

「怎麼了？做夢了嗎？」

沙也加摸著蒼白的臉，巡視著四周。

「黑色花瓶、綠色窗簾……」她露出空洞的眼神嘀咕著。

「啊？」

「有一個細長的黑色花瓶和綠色的窗簾，我曾經去過那個房間。」

「哪個房間？」

「那裡。」說完，她站了起來，搖搖晃晃地走向門口。我拿著手電筒追了上去。

沙也加來到一樓，經過客廳，走向餐廳，但在中途的短廊上停下了腳步。

「怎麼了？」我問。

她指著牆壁說：「就在這裡。」

「這裡？有什麼？」

「門啊。」

「門？」

「這裡有一道門，我走進門內。那個房間有黑色的花瓶和綠色窗簾，我在那裡……」

沙也加說到這裡，突然昏倒了。

4

鋼琴上的人偶仍然俯視著我們。

我把沙也加抱到客廳的沙發上後，她很快就醒了，但我並不知道她是否真的清醒。因為她雖然張著眼睛，卻不發一語地看著天花板。

「沙也加。」我叫著她的名字，她的眼睛才終於緩緩轉向我的方向，然後眨了幾次眼睛。

「對不起。」她用略微沙啞的聲音輕聲說道。

「妳沒事吧？」

「嗯，已經沒事了。」說完，她坐了起來，但似乎並沒有完全好，她閉上眼睛，一動也不動地坐在那裡。

「妳突然昏倒，嚇死我了。」我說。

她的嘴唇露出笑容，「我能想像，我以前也從來沒有這樣過。只覺得腦袋深處好像麻木了，一陣天旋地轉，然後就什麼都不知道了。」

「身體有沒有哪裡痛？」

「沒有，好像沒事。」她檢查了自己的身體後回答。

我在她身旁坐了下來，「妳在昏倒前，說了很奇怪的話。」

她用左手摸著右手臂，「是啊，的確很奇怪。」

「妳做夢了嗎？」

「嗯，是啊，但又不太像夢。因為我覺得那是我親眼看到的。」

「看到什麼？」

「就是有花瓶和窗簾的房間，」沙也加站了起來，回到她剛才昏倒的地方。我也跟著她走了過去。「這裡有一道門，然後我走進那個房間。」她指著走廊上的牆壁，重複了和剛才相同的話。

「但這裡並沒有門，」我說：「也沒有妳說的房間，這道牆壁後面是和室。」

「是啊。」沙也加按著太陽穴，「但我記得走進原本在這裡的門，真奇怪，太奇怪了，為什麼沒有門呢？」說著，她自嘲地笑了起來，「我是不是很蠢？沒有的東西都是沒有，無論說什麼都沒有意義。」

「是不是和其他房間搞錯了？」

聽了我的意見，她似乎認為也有這種可能，露出沉思的表情想了一下，但並沒有想太久，很快用比剛才更有自信的表情搖了搖頭。

「絕對沒錯，就是這裡，我看著餐廳，打開那道門。」

我嘆著氣，用手電筒照向牆壁，但找不到任何可以證明以前這裡有一道門的痕跡。

但旁邊的柱子吸引了我的目光。
「這是什麼？」在我視線的高度，在水平的方向畫了一條三公分的線。似乎是用原子筆畫的。
「稍微下面也有。」沙也加說。
下面的確還有。在我發現的那條線下方數公分的地方，也有一條橫線。繼續往下看，還有好幾條線。
「可能是比身高吧。」
「比身高？」
「童謠中不是有唱嗎？把身高刻在柱子上。」
「喔，原來是說那個。」
我不記得自己小時候曾經做過這種事，所以一直以為只是童謠中這麼唱而已，原來真的有人這麼做。
我把手電筒順著柱子往下照，最下方的印記在離地八十公分的地方。那裡除了橫線以外，還寫了什麼字。
「上面寫了什麼？」沙也加問。
我把看不太清楚的字讀了出來。「佑介，三歲，五月五日。」

「果然是比身高。」沙也加點著頭說，「所以這是佑介的成長紀錄。」

「但妳不覺得這樣很奇怪嗎？」

「為什麼奇怪？」

「妳看最上面那條線，無論怎麼看，都應該超過一百七十公分。」

「那又怎麼……」沙也加張著嘴，靜止在那裡。她先閉上了嘴巴，張大眼睛後又說：「佑介是在六年級的時候死的。」

「六年級就是十一、二歲，即使發育很早的孩子，也不可能超過一百七十公分吧。」

「那條線是誰的身高？」

「如果不是佑介的，應該就是他哥哥的。」我再度用手電筒照著柱子上的每一條線，「如果是這樣，應該會像他弟弟一樣，在某個地方刻了他的名字。」

「也對……」

我們找不到明確的答案，陷入了沉默。

「還是說那道門吧，」我對沙也加說，「妳說記得這裡有一道門，從那道門走進房間。」

她默默點了點頭。

「關於那個房間，除了花瓶和窗簾以外，妳還記得什麼？」

「除了花瓶和窗簾以外……」她眼神渙散地看著手電筒的光照不到的黑暗。

「好像很暗……我記得那個房間好像很暗。」

「妳在那個房間做什麼？發生了什麼事？」

「發生了……什麼事。不知道，我想不起來。」沙也加雙手抱著頭，但立刻抬頭看著我，眼中充滿害怕。

「妳怎麼了？」我問。

「雖然我想不起發生了什麼，但應該是很可怕的事。」

「可怕？」

「對。因為當我努力想要回想那個房間的事，就會感到極度不安。好像有另一個我在身體內，阻止我繼續想下去，我自己在拒絕回想那個房間的事……」她無力地靠在旁邊的牆上，「我的頭開始痛了。」

「妳稍微休息一下吧。」

我再度讓她坐回客廳的沙發上。她深深彎著腰，併攏雙腿，把臉埋在雙手中，後背微微發抖。

看著沙也加的樣子，我知道她不是隨便說說而已，但問題是她說的位置並沒有門，也沒有房間。到底要如何解釋這個問題？最合理的解釋，就是她記錯了，但為什麼會記錯呢？

這個問題似乎也無法立刻找到答案。我們面對越來越多的不解之謎，匪夷所思的事堆積如山，也許已經堵住了所有的出路，卻無法解決任何問題。

即使倍感無力也無濟於事，我把沙也加留在一樓，回到二樓御廚夫婦的房間。我決定逐一解決問題。

我從放在地上的工具箱內拿出鐵鎚和螺絲起子，站在放了金庫的壁櫥前。

金庫雖舊，卻很牢固，門和箱子之間幾乎沒有縫隙。我把一字螺絲起子前端塞進些微的縫隙中，試著想要撬開。雖然金庫發出嘰嘰咯咯的聲音，但並沒有把門撬破。我又換了位置，試了相同的方法，但結果仍然相同。螺絲起子反而快折斷了。

破壞鎖頭是最快的方法，只不過密碼鎖也很牢固。我把螺絲起子塞進縫隙，用鐵鎚敲打。雖然發出了巨大的聲響，鎖頭卻完全沒有鬆動，我想不到其他更好的方法，只能繼續進行這項作業。

持續了將近三十分鐘，金庫的門和鎖頭都只有稍微鬆動而已，和之前幾乎沒有太大的差別。我有點氣餒，把工具丟在一旁，和剛才一樣，坐在安樂椅上。

我漸漸覺得比起破壞金庫，也許找到密碼鎖的密碼才是打開金庫的捷徑。金庫的主人很可能把密碼寫在某個地方，以免自己忘記。

我站了起來，走向御廚啟一郎的書桌。沙也加剛才已經翻找過。她剛才說，沒有什麼重要的東西，我看了之後，發現的確如此。既然有書桌，照理說應該曾經在這裡寫東西，但完全找不到任何記事本或是資料。不，書桌內有一本記事本，但記事本內依然如新，一片空白，完全沒有寫一個字。

我離開書桌前，用手電筒照著房間的每一個角落，期待可以找到哪裡藏了金庫密碼，但也同時對這棟房子的屋主是否有這種興致存疑。

這時，我的目光停留在窗邊的天文望遠鏡上，旁邊有一個木箱，應該用來裝望遠鏡用的配件。我打開箱蓋，發現鏡頭和濾鏡用布包起後，放在木箱內。

木箱內還有一張觀測紀錄紙，用黑色鋼筆寫著「七月二十五日凌晨　觀測水星」。筆跡和剛才的那封信相同，應該是御廚啟一郎寫的。

但是，這張紀錄紙應該和密碼無關，我只好又回到金庫前，再度用鐵鎚和螺絲起子試圖用力撬開。

當我用鐵鎚在螺絲起子的尾部敲了十幾次時，聽到後方門打開的聲音，立刻回頭一看，沙也加剛好走進來。

「是不是太吵了，讓妳睡不著？」我問。

「不是，是我心情無法平靜。」

「很正常啊。」

沙也加坐在床上，「我在想我爸爸的事。」

「嗯。」

「我在想，他為什麼完全沒有告訴我任何事？像是這家人的事，還有御廚先生照顧他的事。」

「我剛才也說了，因為這麼一來，就必須提到他以前犯過的錯。」

「是嗎？我覺得這件事可以很巧妙地掩飾過去。」

「那妳認為是怎麼一回事？」

「不知道，但我想可能是為我著想。」

「為妳著想？什麼意思？」

「也許我爸爸很怕我想起以前事，擔心我知道這裡的事，來到這裡之後，會想起以前的事，所以才什麼都不告訴我。」

我把玩著手上的鐵鎚和螺絲起子。

「果真如此的話，代表我們正在做的事是錯誤的嗎？」

她搖了搖頭，似乎表示她也不知道，然而再度拿起剛才看過的那疊信。

「這些信為什麼會在這裡？照理說是由收信人保管這些信，為什麼是由寄信人保管？」

「可能是基於某種理由，請中野政嗣歸還了這些信。比方說，在啟一郎去世之後，把這些信當作遺物留作紀念。」

「既然大費周章拿回這些信，為什麼離開這裡時卻不帶走呢？佑介的日記也一樣。」

我發出呻吟。目前對於這家人為什麼突然消失仍然毫無頭緒。

「而且，」她又開了口，「為什麼每封信都只有信箋，沒有裝在信封裡？」

「可能丟掉了吧？」

「為什麼？」

「不知道。」我也想不通，「妳想要說什麼？」

「我並不是想要說什麼……」她仍然摸著那疊信，「只是覺得不知道這裡的地址。」

「地址？」

「嗯。」

「怎麼不知道地址呢？我想想，長野縣小海町……」

我說到這裡，她搖了搖頭。

「我不是這個意思，照理說，家裡應該有一、兩個寫有這裡地址的東西，比方說，別人寄來的明信片、名片之類的，但這棟房子內完全沒有這種東西。」

「那倒是。」我雙手扠腰，巡視著周圍，「妳認為這是刻意的嗎？」

「好像只能這麼解釋，因為照理說不可能完全沒有寫有地址的東西，只不過為什麼要這麼做……」

我們都陷入了沉默。這個問題也找不到答案。我轉向金庫，把螺絲起子塞進密碼鎖的縫隙。

「這個金庫能打開嗎？」沙也加擔心地問。

「不知道，我正感到有點氣餒呢。」

「如果可以輕易破壞，也無法發揮金庫的作用。」

沙也加或許只是在開玩笑，但這句話讓我心情稍微放鬆了。

「沒錯。」

正當我笑著回答時，螺絲起子的前端一滑。我還來不及叫出聲音，銳利的前端已經刮傷了我的左手。剛好在手腕和手肘中間位置的傷口開始流血。

「啊，你受傷了。」

「沒關係，小傷而已。」我準備從口袋裡拿出手帕。

「等一下，我去拿急救箱。」沙也加說。
「急救箱？」
「我剛才看到廚房有急救箱。」
兩、三分鐘後，沙也加走了回來，手上拿著一個棕色的箱子。箱子側面有一個紅十字。
「這個放在廚房？」我問。
「對啊，在碗櫃最下面的架子上。」
急救箱內有頭痛藥、腸胃藥和外用藥，都沒有開封。
「也有擦傷口的藥，」她拿出一個細長形的盒子，是管狀的軟膏，也是全新的。
「不知道是什麼時候生產的藥，我不敢用。」
「製造日期是十年前。」沙也加看著盒子的側面說。
「我還是不要用好了。」
「那就只用繃帶吧。」
沙也加用全新的紗布貼在我的傷口上，然後用繃帶包了起來。她綁的繃帶很服貼。我這麼對她說，她把繃帶放回盒子後說：「因為我經常為美晴的傷口包紮。」
「美晴經常受傷嗎？」

「對，我讓她受的傷。」

聽到沙也加這麼說，我無言以對，暗自責怪自己太大意。

她戲謔地聳了聳肩。

「我讓她受傷，又為她包紮，是不是很蠢？」

我沒有開口說話，撫摸著她為我包紮的綳帶，低頭看著急救箱，試圖尋找新的話題。

我看到蓋子內側有一個放資料的口袋，可能用來放掛號證和健保卡。我伸進口袋，拿出一張小卡片，但並不是掛號證，也不是健保卡。

這張家人健康管理卡上有家庭醫生的電話欄、家庭成員病歷紀錄欄和常備藥欄目，每一欄都空著，但上面寫了家庭成員的姓名。

上面有御廚啟一郎、藤子和佑介這三個名字。藤子似乎是佑介的母親，也就是沙也加口中那個「奶奶」的名字。

在血型的欄位中，只有啟一郎的血型。他是O型。

「原來他父親是O型。」我一邊說，一邊把卡片交給了沙也加。

「O型？」沙也加皺著眉頭，端詳卡片後，小聲地說：「太奇怪了。」

「哪裡奇怪？」我問。

「我記得佑介的日記上也提到了血型，如果我沒記錯，應該是……」說到這裡，她拿起手電筒走了出去，我也慌忙跟了出去。

來到客廳，她拿起茶几上的日記本翻了起來。她的神情越來越凝重。

「找到了，就是這裡。」她把日記本遞到我面前。

剛才看的時候，我跳過了這個部分。上面寫了佑介在學校接受健康檢查的事。

「五月十九日　晴天。今天學校做健康檢查，我長高了，太高興了，但體重沒什麼變，真奇怪。健康檢查結束後，又做了血液檢查，就是驗血型，有A型、B型、AB型和O型，還有Rh陰性和陽性，聽說幾千個人中才有一個是陰性。我是AB的Rh陽性。近藤有一本根據血型判斷性格的書，但一點都不準。我回家之後，問媽媽是什麼血型。她說不知道自己的血型，好像以前的人都不知道自己的血型。我想問爸爸，但今天爸爸加班，還沒有回來。」

我看著沙也加，「原來佑介是AB型。」

她默默點頭。

「原來如此，的確很奇怪，」我說：「既然父親是O型，無論母親是什麼血型，小孩子都不可能是AB型。」

5

「車鑰匙可不可以借我一下？」沙也加突然問我。我正在思考新出現的疑問，一下子沒有反應過來。

「車鑰匙？可以啊。」我從口袋裡拿出車鑰匙，「妳要幹什麼？」

她一臉調皮的表情接過車鑰匙，「我去散步一下。」

「散步？三更半夜去散步？」

「馬上就回來了。」

「但為什麼現在——」說到一半，我恍然大悟。我對自己的遲鈍感到生氣，皺著臉說：「我知道了。我陪妳去，妳一個人去太危險了。」

「沒問題啦。」

「我也想去，還是妳要我忍耐？」

沙也加露出苦笑，把車鑰匙交還給我。

「關於血型的事，」坐上車，車子開了一段路後，沙也加開了口，「你覺得是怎麼一回事？」

「如果雙方的血型都沒有錯，」我操作著方向盤，努力避免輪胎陷進泥濘的地面，「代表佑介並不是啟一郎的兒子。」

「果然……」她用力憋著氣，然後靜靜地吐了出來，「所以是養子嗎？」

「不，應該不可能。有一封信上不是寫了佑介出生時的事嗎？說很慶幸生了兒子。」

「喔，對喔。既不是養子，又不是御廚先生的親生兒子……」沙也加沒有繼續說下去。我知道她想說什麼。

「這代表他的母親，也就是藤子夫人可能和其他男人外遇，生下了這個孩子。」

「難以相信。從日記中完全感受不到這一點，但也只能這麼想吧。」

「不，我認為這種可能性很低。」

「為什麼？」

「佑介在學校驗血型那一天回家後，不是告訴他媽媽血型的事嗎？如果是他媽媽外遇生下的孩子，聽到他的血型是AB型，一定會慌張，但從日記中完全感受不到這一點。」

「你說得對，所以，這代表御廚先生知道佑介不是自己的孩子，即使如此，仍然很疼愛佑介……」沙也加摸著自己的臉，「想不出來，我完全不知道是怎麼回事。」

「唯一確定的是，還有另一個人存在，那就是佑介的親生父親。」

車子終於來到鋪了水泥的路。雨雖然變小了，但仍然需要用雨刷。沿途沒有路燈，而且都是彎曲的道路，視野很差。幸好時間已晚，沒有對向來車。我瞥了一眼汽車音響上的數位時鐘，已經深夜兩點了。

我把車子停在松原湖的停車場，去湖畔的公共廁所。面對著出現裂縫的小便斗小便時，忍不住想，自己到底在幹什麼？目前做的一切有助於消除沙也加的煩惱嗎？

走出廁所後，我走去湖邊。雨已經變小了，但黑暗的湖面上仍然有無數漣漪。湖的對岸是一片濃密的樹林，一片霧靄緩緩飄過樹林。

「好像有惡魔住在那裡。」沙也加不知道什麼時候走到我旁邊說。

「我第一次在晚上看湖。」

「夜晚的大海很可怕，但夜晚的湖又是不同的感覺，時間的感覺完全錯亂了。」

我感覺到沙也加轉頭看著我，我也看著她。當我們視線交會時，她先移開了視線。

「給你添麻煩了。」她說。

「沒這回事，我對這種充滿知性的刺激樂在其中。」

「說句心裡話，我對這次的事並沒有抱太大的期待。我以為即使來到這裡，也不可能解決任何問題。」

「但是，妳當初對我說，來這裡或許有助於妳找回記憶。」

「老實說，那只是求心安，想要證明我也在努力，想要得到免死金牌。只不過——」說到這裡，她停頓了一下，看著湖面說道，「如果沒有你，我可能不會來，我想……」

聽到她內心的告白，我有點不知所措。雖然我感到竊喜，但也同時努力克制著這種情緒。

「來這裡之前，我曾經想過，也許會發生什麼，也許你我之間會發生什麼。老實說，即使這樣，我也覺得沒關係。如果這樣的話，或許可以暫時忘記痛苦的現實。我知道自己的想法很天真，但是，你什麼都沒做，只是一心想要協助我解決問題。還是說，你接下來會有行動？」

「不，」我搖頭否認，「因為我覺得不可以做這種事，來這裡之前，我就已經決定了。」

「我就知道。」她輕聲笑了笑，「你和以前大不一樣了，那時候經常說，做愛根本沒什麼。」

「因為現在立場不同了。」

「是啊，我已經是有夫之婦了。」她用戲謔的方式說完後，用鞋尖戳著被雨淋濕的地面。「那次你有沒有恨我？」

「那次？」

「就是我單方面提出分手的事。」

「喔……已經是陳年往事了。」

「如果你覺得不想談往事，那就別說了。」

「不，沒關係。」我雙手放進口袋，右手摸到為了防止開車打瞌睡買的口香糖，問沙也加要不要吃，她搖了一次頭拒絕，我也只好不吃了。

「我從來沒有恨過妳，」我把口香糖放回口袋後說，「因為我們當初約定，不要束縛彼此，所以覺得那也是無可奈何的事，但的確很受打擊，然後覺得很納悶，因為在此之前，完全沒有任何預兆，結果妳突然說另有喜歡的人，要和我分手。」

「是啊，」沙也加向湖面的方向走了兩、三步，雙手放在身後，然後轉身看著我說：「正確地說，並不是因為另外有了喜歡的人，才想要和你分手，而是相反，是想要和你分手在先，之後才開始尋找可以取代你的男人。」

「為什麼要和我分手？」

「我說不清楚。說得淺顯易懂一點，就是覺得夢該醒了。」

「一點都不淺顯易懂，」我苦笑著說，「什麼意思？」

「你還記得我們當時說的話嗎？雖然我們聊了很多，但如果用一句話概括，就是否定除了自己以外的所有人。周圍的人都是笨蛋，沒有人值得相信，沒有人瞭解真相——我們經常說這些話。」

「我記得，沒錯，的確是這樣。」

古董咖啡店。咖啡和 Mild Seven。便宜而狹小的酒吧。啤酒和薯條。

「和你在一起時很舒服，但是，那時候我突然驚覺，不能繼續這樣下去。我們不可能一直拒絕周圍的一切，只靠兩個人獨立生活，繼續下去，會毀了我們兩個人。我們已經不是小孩子了，所以不能繼續做夢了。我當時就是這麼想的。」

「所以，」我說：「妳改走現實路線了。」

「也可以這麼說吧。」

「從展望未來這個角度來說，當時的我的確太欠缺考慮了，我能夠理解妳為什麼想要找一位腳踏實地的人。」

「不光是這樣，該怎麼說呢，」沙也加偏著頭，「我覺得我們都太依賴對方了。」

「原來如此，」我點了點頭，「可能的確是這樣。」

「你能瞭解嗎？」

「大概吧，但反正已經過去了。」

「是啊，都已經過去了。」她舔了舔嘴唇，「但讓我再多說一句。你不覺得當時我們兩個人很相像嗎？嗯，簡直太像了。每次看到你，就覺得好像從鏡子中看到自己，這一點讓我越來越感到痛苦。」

「是喔……」我回想起當時的事，踢著腳下的泥土。自以為是的交談，帶著一種迫切感一次又一次做愛。

好像有什麼沉重的東西積在胃底深處。

「雨又下大了。」沙也加看著湖面上的漣漪說，她的頭髮已經淋濕了。

「回去吧。」我說。

6

我們在雨中返回那棟房子。我握著方向盤，腦海中回味著她剛才說的話。她剛才說的那番話中，「我們兩個人太相像」這句話盤踞在我的心頭，揮之不去。我也曾有過相同的感覺。不光是我們的性格、想法和價值觀一樣，在我們形成自我的某些東西，在內心深處流動的情感，也發現了共同點。當時的我拒絕正視內心深處的這些情感，努力避免思考，難道當時的我，已經發現了那些情感到底是什麼嗎？
回憶初識沙也加時，自己是怎樣的少年並不是一件開心的事，就好像在翻閱一本貼滿了自己不喜歡相片的舊相簿。
我的父親是醫生，但經營的並不是大醫院，而是任何小城鎮上都可以見到的那種很平民化、保守的小診所。診所有兩名護士，其中一個是我的母親。
中學一年級時，我得知自己不是他們的親生兒子。「養父」對我說，因為這種事不可能一直隱瞞下去，所以他們一直在找適當的時機告訴我。
他們夫妻沒有孩子，正打算去領養，親戚的女兒在離婚後生了一個孩子，問他們願不願意收養。他們二話不說就答應了，也順利辦妥了領養手續。
雖然我知道應該感謝養育我長大的父母，但還是很受打擊，也深受傷害，更何況當時正值對父母對待自己的方式產生疑問的年紀，所以反應更激烈。
「你仍然是我們的兒子，這個事實不會改變，所以你不必在意，只要和以前一樣就好。」養父對我說。我默默點了點頭，因為除此以外，我不知道該如何反應。
養父說的沒錯，我只要和之前一樣過日子就好，但我無法這麼想，他們不是我的親生父母這個想法始終在腦海中揮之不去。養父母不可能沒有察覺我的態度，我們的家庭生活立刻失去了原本的圓滿。

就在這時，一個女人出現在我面前。某天放學後，我走在回家路上，突然有人叫住了我。我立刻知道她就是我的親生母親，所以，當她對我說：「我想和你說幾句話」時，我沒有猶豫太久，就立刻跟她走了。

她並沒有說是我的親生母親，只是向我打聽我的父母和家庭的情況。我一直低著頭，並沒有好好回答她的問題。

幾天後，那個女人來到我家。雖然我去了另一個房間，但隔著牆壁，聽到了她和我養父母之間的談話。

她要求把孩子還給她，我的養父母不同意。雖然我不太瞭解詳細情況，只知道她和再婚對象離了婚，獨自孤獨生活，所以想要把親生兒子接回去同住。

「拜託你們，請你們讓我有活下去的力量。我會報答你們這些年的養育之恩，無論用任何方式補償都沒有問題。」我的「親生母親」哭著拜託。

「事到如今，妳提出這種要求很傷腦筋。那孩子已經是我們家的孩子，我們不會放手。」養父用強烈的語氣回答，「況且，上次不是就已經說好，妳不要出現在那孩子面前嗎？妳竟然還找上門來，簡直太自私了。」

聽到養父這番話，我終於知道，原來在我得知自己是養子不久之後，親生母親出現在我面前並非偶然。他希望我事先知道這件事，預防我因為親生母親的突然出現而動搖慌亂。

他們談了很久，雙方的主張也漸漸出現了微妙的變化。說白了，就是都說出了自己的心裡話。

「難道你們要我在未來的幾十年都孤獨一人嗎？等我老了之後，誰來養我啊？」

「妳可以再嫁人啊，而且，我們也要依靠這個孩子，要他繼承這個家。正因為這樣，所以都一直悉心照顧他。妳現在來搶孩子，也未免想得太天真了。」

「親生母親」希望有兒防老，養父母希望我能夠傳宗接代。

我相信不只是這樣而已，他們應該用自己的方式愛我，但對十三歲的我來說，聽到他們把我當成未來的保險，心裡當然無法平靜。

最後，他們終於決定「改天由當事人自己決定」。我的親生母親很不滿，也許她當時就已經發現，這個決定方法對她很不利。

那天之後，養父母對我的態度又有了變化。養母比之前更溫柔，養父不時和我談起將來的事。如果我不喜歡，不想當醫生也沒關係，無論想走哪一條路，他都會提供經濟上的援助。而且，在談話之中，還不經意地提到他們養育我的辛苦。

親生母親幾乎每天都在我放學路上埋伏，然後帶我去附近的公園談話，但幾乎都是她一個人在說話。她告訴我，當初把我送人是多麼情非得已，以及她現在多麼追悔莫及，有時候還忍不住在我面前落淚。

一個星期後，親生母親再度來到我家，這次我和他們一起坐在桌旁。養父對我說：

「你來決定想和誰一起生活，你有話就直說，不必有任何顧慮。」

三個大人凝視著我。我在此之前就已經做出了決定，我想怎麼樣不重要，那是我在思考怎麼做最安全後得出的結論。

「就像以前一樣。」我回答說。養父母喜出望外，親生母親垂頭喪氣。

親生母親得到之後可以經常來看我的允諾後離開了，養父母拚命告訴我，我的選擇並沒有錯，完全不必放在心上。他們毫不避諱地說我親生母親的壞話，還說我差一點落入不幸。

那天晚上，我輾轉反側，躲在被子裡流淚。我不知道為什麼難過，但覺得好孤獨，也許那天終於知道，自己在這個世界上是多麼孤單。

之後也很少和親生母親見面，聽養母說，她在我高中一年級時又再婚了。

我和養父母依然過著和之前相同的生活，在旁人眼中，一定覺得我們的家庭很普通，但我無法否認，自己只是在扮演他們的兒子這個角色，我相信他們應該也一樣。

一切都不真實，每個人都孤獨無依——我每天帶著這種心情度日，也就在那個時候，認識了沙也加。

雨又突然大了起來，我調快了雨刷的速度。

「妳不想睡嗎？」我問身旁的沙也加。

「嗯，沒問題，我剛才稍微睡了一下。」

「喔，對喔。」

「你剛才在想什麼？」

「沒想什麼，不是什麼重要的事，」我打開收音機，傳來一個日本歌手的聲音。我不知道那個樂團名字，也不知道他唱什麼歌，但沙也加似乎很熟悉，用手指打著節拍。

我再度想起她剛才說，我們兩個人太相像這句話。她說的沒錯，或許因為她也是孤單一人的關係，在遇見她的瞬間，我立刻產生了強烈的同伴意識。

認識沙也加之後，我對家庭的感情越來越淡，很想趕快離開那個家——我整天都想著這件事。

「你這陣子不太對勁喔。」有一天早上，養母對我說。我可以感覺到她下了很大的決心才對我說這句話。

「有嗎？」

「你最近都不叫我媽媽了，你不想叫嗎？」

「沒這回事啊。——我走了。」我逃也似地衝出家門。

我的確不再叫養父母「爸爸」、「媽媽」，我知道也不知道為什麼，也許是對這種「親子遊戲」感到疲累了。

親子遊戲？

我踩了煞車。輪胎在泥濘的地上打滑，車體微微傾斜，沙也加在一旁小聲驚叫起來。

「怎麼了？」她臉色蒼白，張大眼睛看著我。

「我們可能陷入了很大的錯覺。」我說。

「錯覺？」

「是關於佑介的『爸爸』，總之，先回去那棟房子再說。」我踩下油門，再度開車前進。

回到那棟房子後，我們立刻去了客廳。我拿起佑介的日記，然後重新挑重點看了起來，尤其是提到「那傢伙」的部分。

「到底是怎麼回事？我們陷入了怎樣的錯覺？」

「說是錯覺並不正確，應該說是受騙了，被佑介騙了，但佑介並沒有想到別人會看他的日記，所以欺騙的說法可能也不正確。」我闔上日記本，把手放在她的肩上，「好，我們去二樓。」

我們走去佑介父母的房間，再度打開那些信。

「果然沒錯，和我想的一樣。」

「什麼一樣？」

「啟一郎在信中完全沒有說佑介是他兒子這句話，他們之間並不是父子關係，這樣也可以解釋血型的矛盾。」

「那佑介是誰的孩子？」

「是長子的兒子，」我回答說：「啟一郎在信中稱為長子的那個人，才是佑介的父親。」

「怎麼會……但是，」沙也加頻頻撥著劉海，「長子不就是日記中的『那傢伙』嗎？」

「沒錯。」

「既然這樣，他不可能是父親啊。」

「妳之所以會這麼想，是因為妳認定日記中的『爸爸』另有其人，對不對？」

「對啊。」

「日記中提到的『爸爸』的確是啟一郎，但啟一郎並不是他的親生父親，而是他的祖父，也就是爺爺。同樣地，『媽媽』其實也是他的奶奶。」

沙也加用力眨著眼睛，「為什麼會這樣？」

「我們不是一直很納悶，佑介的父母年紀很大嗎？再加上這些信，」我拿起那疊信，「啟一郎在信中提到了佑介出生時，他內心的喜悅，因為是兒子，他內心雀躍不已。如果他不是父親，那就是祖父才會有這種反應。這樣也可以說明佑介為什麼和長子之間的年齡相差很大。因為他們不是兄弟，而是父子，所以年齡當然相差很大。」

「但是，為什麼要把爺爺叫成爸爸呢？」

「我猜想應該是佑介從嬰兒的時候開始，就由祖父母帶大，所以養成了這樣的習慣。從這封信來看，長子在結婚第二年，他太太就死了，佑介很可能是在她死之前生的，但一個男人帶孩子很辛苦，所以長子的父母就把佑介接回來照顧。」

「即使是這樣，把爺爺叫成爸爸……」沙也加的身體向後仰，似乎覺得有點可怕。

「這一點正是這個家庭悲劇的根源。」

「……什麼意思？」

「這只是我的想像，」我先說了這句開場白，「從這些信推測，啟一郎是一個很嚴格的人，對長子的教育也反映了他的性格，所以對長子無法走上法律之路感到極度失望，也恨得牙癢癢的。」

「他在信中說長子沒出息。」

「他最後覺得一升的容器只能裝一升的酒，所以就放棄了。長子不再參加司法考試，走上教師之路。從信的內容來看，應該是啟一郎擔心長子的未來，為他安排了這個工作。然後，長子結婚了。結婚對象是遠親的女兒，所以並不是長子自己找的，而是父母為兒子安排的。」

「長子就像是御廚先生的傀儡。」

「問題就在這裡，」我指著沙也加的鼻子說，「我想說的就是這一點。我看了信之後覺得，長子完全聽從啟一郎的安排。如果認為佑介是長子的兒子，這種關係就更加明顯了。妳認為啟一郎會如何對待這個孫子？」

「從信的內容來看，御廚先生對長子失望後，會把希望寄託在佑介身上，因為連名字也是御廚先生取的。」

「從長子和啟一郎之間的力量關係來看，這件事並沒有太大的不自然。他在挑選太太時，也一定挑選了不會有太多意見、順從的人，所以啟一郎在佑介的教育問題上，也打算徹底由自己主導。不，也許他原本只是想完全貫徹自己的方法而已，但長子的太太剛好死了。」

「所以，御廚先生決定帶回來照顧嗎？」

「雖然不知道長子是否曾經表示拒絕，但長子的意願並不重要，反正事情就這樣談妥了。於是，啟一郎就扮演了佑介父親的角色，雖然我不認為是啟一郎要求佑介叫他『爸爸』，但既然他沒有糾正佑介，也許他對佑介這麼叫他感到高興吧。」

沙也加皺著眉頭說：「有一種病態的感覺……」

「對啟一郎來說，長子是污點，是想要忘記的存在，所以，可能努力想要忘記佑介是他的孫子這件事。他在信中對長子因為賭博而不得不辭去教職時寫道，最擔心的是對佑介造成的影響，這代表他已經把長子和佑介的事分開思考了。」

「喔，原來是這樣，難怪——」沙也加說完，打開了佑介的日記，「這也可以解釋有關聖誕節禮物的疑問。因為寄禮物的是佑介的親生父親，雖然佑介寫『今年又寄來了聖誕節禮物』，但如果是他父親寄來的，就不足為奇了，而且這樣也可以合理解釋之後『爸爸在電話中很生氣地說，不要老是寄玩具，以後寄書就好』這句話了。」

「第一次看到信中這一段時，我還以為是佑介的祖父母寄禮物給他，沒想到完全相反。」我苦笑起來，「而且，我記得日記中也明確提到了啟一郎對長子態度，借我一下。」

我從沙也加手上接過日記本，迅速翻閱著。那是在啟一郎死後約一個月的日記。

「妳看這一段，」我讓沙也加看那一頁，「不是寫著『爸爸以前很看不起他，說千萬不能學他，也不可以像他那樣』嗎？」

「御廚先生徹底避免佑介和長男之間的接觸。」

「因為他覺得對長子的教育失敗，所以要避免再犯相同的錯。只要看佑介的日記，就知道他的教育方針很嚴格。佑介也完全適應這種嚴格，他很尊敬『爸爸』，我猜想啟一郎也認為佑介是得意的作品。」

「簡直把他當成了物品。」沙也加露出愁容。

「是以教育為名製造傀儡，而且這個過程很順利，只不過發生了意外。」

「御廚先生得了腦腫瘤。」

「沒錯，」我點了點頭，「雖然壯志未酬，但他不得不放棄對佑介的教育，他一定很不甘心。也許比起自己的死亡，這件事更令他感到遺憾，只不過留下來的佑介比他更加痛苦。」

「因為沒有人指導他了嗎？」

「光是這樣還好，最難以忍受的是，之前一直蔑視的『那傢伙』搬回家裡了，而且是以父親的身分回到這個家裡。」

「啊……」沙也加可能想像著當時的情況，露出了憂鬱的眼神。

「稍微換一個角度思考，」我說：「不妨從長子的角度思考一下。長期壓迫自己的父親死了，終於可以再回到家裡生活了，而且親生兒子也在那裡。他回來時一定意氣風發，希望趕快和兒子建立良好的感情。」

「啊，對了，」她再度低頭看著日記，「剛才唸的那句話之後有相關的描述，『我在自己房間時，他連門也不敲，就直接闖進來，一副很熟絡的樣子和我聊天。』」

「長子好不容易回到兒子身邊，這是理所當然的行為，但佑介的反應如何？」

沙也加再度朗讀了日記的內容。

「『我對他說，希望他不要打擾我寫功課，他就走出去了。我以後也要用這種方法趕走他。』」

「除此以外，還有多次佑介討厭『那傢伙』的場景。因為他從小就被洗腦，他的反應也是理所當然的，但對父親來說，看到親生兒子的這種態度，會感到屈辱，而且，他應該不時在佑介的身上看到了啟一郎的影子。」

「長子是不是憎恨御廚先生？」

「我想應該是，」我斷言道，「所以，只要佑介不敞開心房，對長子來說，佑介只是憎恨的對象。」

「所以……」

「沒錯，」我點了點頭，「所以就開始虐待。」

第四章

1

「這個男人很值得同情，」我說，「兒子好不容易回到自己的身邊，卻發現兒子被深惡痛絕的父親洗腦，非但不和自己親近，還蔑視自己。」

沙也加靜靜地笑了笑，「和我一樣。」

「和妳一樣？」

「任何父母，最受不了的就是被自己的兒女輕視。」她的聲音很沉痛。

我沉默不語，用指尖抓著臉頰。我從昨天和她的對話中充分瞭解到，一旦她開始討論這個話題，任何勸說的話都只是暫時的安慰而已。

她嘆了一口氣，「當然，這不能成為虐待孩子的理由……」

「妳和佑介的父親不一樣。」我言不由衷地反駁。

「沒有不一樣，而是一樣，完全一樣。」沙也加再度加強了語氣。

避免繼續談這個問題是上策。我改變了語氣說：

「總之，我們現在已經相當瞭解了這個家庭的情況，只是不知道佑介為什麼死了，也不知道他的父親和祖母的下落。不過，這些事問町公所應該最直接。」

「佑介的父親和奶奶……」沙也加嘀咕著，然後抬頭看著我：「所以，那個人果然是御廚夫人吧？」

「妳是說相簿的相片中那個穿和服的女人嗎？應該錯不了。」

「那個奶奶在我讀中學的時候去世，所以是十五年前。在她去世之前，一直住在這裡嗎？」

「佑介的房間維持二十三年前的樣子，所以她應該並沒有住在這裡。」

「佑介死了之後，她也離開了這個家嗎？」

「八成是，可能去了橫濱。」

「橫濱？為什麼？」

「妳的父母搬離這裡之後，不是搬去橫濱了嗎？所以我猜想御廚夫人也一樣，只是不知道佑介父親的下落。」

「不可能住在這裡吧。」沙也加巡視著室內，「如果住在這裡，不可能還保留御廚啟一郎和佑介的遺物。」

「應該會全都丟棄吧。」

我身體向後一仰，把雙臂當成枕頭躺了下來。我有點在意床罩的灰塵味，但還是忍不住打了一個呵欠。

沙也加走過來，在我臉旁坐了下來，「關於佑介的死因。」

「妳推理出他的死因了嗎？」

「談不上是推理，只是想到一種可能性。」

「沒關係，說來聽聽。」

但她遲遲不開口，把玩著滿是灰塵的床罩。她內心似乎有某種糾葛，所以我沒有催促，耐著性子等待。

「會不會是……」大約經過了兩分鐘，她才終於開了口，「被人殺害？」

我從床上跳了起來，「被誰？」

「當然是『那傢伙』——他的父親啊。」她說：「除此以外，還有誰會殺他？」

「怎麼可能？即使再怎麼虐待，也不至於殺了他吧。」

「是嗎？即使不是有心想要殺他，也可能不慎失手殺了他。」沙也加微微低著頭，用手遮著嘴巴，「我有時候也會感到害怕，很怕自己不小心殺了美晴……」

我抱著雙臂，想了一下後，看著她的側臉說：「要不要睡一下？」

沙也加微微抬起頭，她的睫毛濕了。

「我們今天查到了很多事，但也因此太疲倦了，腦袋不好好休息，想不出什麼好主意，所以先到此為止，天亮之後再繼續。」

沙也加用指尖輕輕按著眼睛，把頭髮向後撥。

「對不起，我一直情緒失控……」

「那倒沒關係。」

「你要睡在這裡嗎？」

「嗯，雖然有很多灰塵，但總比差勁的小木屋好多了。」

「那我去睡樓下的沙發。」她站了起來。

是不是該挽留她？叫她一起睡在這張床上？我的腦海中閃過這個念頭。但這麼做有什麼意義？

我只猶豫了一剎那，立刻對她說：「晚安。」

走向門口的她停下腳步。

「晚安。」她頭也不回地說。

「最好把蠟燭吹熄。」

「我知道。」

「還有，」說到一半，我猶豫起來。

「還有什麼？」她問。

我想了一下後說：「如果想上廁所，記得來叫我，不要客氣。」

沙也加輕聲笑了起來，「應該不需要。」

「那就好。」

「晚安。」

她關上門後，房間內的蠟燭火苗搖晃著。我下床去吹熄蠟燭。

2

天亮之前，我稍微睡了一下。睡覺之前擔心睡過頭，所以用手錶設定了鬧鐘，但在鬧鐘鈴響之前就醒了。我只睡了不到三個小時，但腦袋很清醒。

我打開窗戶往外看。雨已經停了，陽光照在對面那座山的山腰上，周圍的草原也閃著陽光。今天是個晴朗的好天氣。

因為陽光無法照進室內，所以光線很暗。原本以為這棟房子朝南，或是朝東，但從目前陽光的影子來判斷，應該朝向西南方向。

「朝西南……嗎？」我心不在焉地看著遠方的風景喃喃自語著。

有哪裡不對勁。似乎有哪裡解釋不通。

我一時不知道是哪裡不對勁，可能是原本以為從這棟房子的窗戶可以看到日出，現在發現完全看不到，所以只是感到意外而已。

但我立刻發現並不是這樣。

我之所以會認為這棟房子朝東，必定有原因，不可能毫無根據地這麼想。

我拿起床上的日記本。難道是日記中提到這棟房子的方位嗎？但翻了幾頁之後，確定並不是在日記中看到的，而是其他不經意瞥了一眼的地方。

我拿著日記巡視室內，內心開始浮現焦躁的感情。我為什麼這麼在意這件事？

我看到了天文望遠鏡。

我走了過去，打開放在一旁裝配件的木箱，拿出了觀測紀錄紙，上面寫著「七月二十五日凌晨　觀測水星」。

就是這個。我看到這張觀測紀錄紙，以為這棟房子朝東。

我再度站在窗邊，確認了周圍的風景和太陽的位置，確認自己的疑問是否只是誤會。

但是，並不是我的誤會。這棟房子略微朝西，至少在這裡看不到太陽升起。

這是怎麼回事？該如何解釋這個矛盾？

我躺在床上，雙手搓著臉。沾到臉上油脂的手掌看起來油油亮亮。

左思右想之後，終於想到一個假設。那是之前不曾想到過的可能性，但這個假設的確可以解釋幾個疑問。

我從床上坐了起來，急忙走向樓梯，直接走去地下室，沿著通道走到屋外。

昨天那場雨讓周圍的地面陷入泥濘。我小心翼翼地沿著房子的外牆走著，由此證明了我的假設。

「我真是太笨了。」我繞著屋子走了一圈後說道。

回到屋內，走去客廳，發現沙也加已經起床了，正在拉開窗簾。「早安，」她看著我打招呼，「你起得真早。」

「這棟房子是朝向西南方向。」

聽到我突然說這句話，她有點驚訝，微微皺著眉頭「啊」了一聲。

我指著窗戶說，「現在是早上，陽光卻沒有照進室內，代表這棟房子偏西。」

沙也加似乎終於知道我在說什麼，瞥了一眼窗戶後說：「喔，是啊，但這又怎麼了？」

「妳看一下這個。」我把觀測紀錄紙遞到她面前。

她看了紀錄紙，但似乎不瞭解其中的意義，一臉茫然的表情。雖然這是小學生都知道的知識，但長大之後，因為很少用到，所以就等於把相關知識丟進了垃圾桶。

「妳還記得水、金、地、火、木嗎？是太陽系行星的順序，水星最靠近太陽，要怎麼從地球看水星？」

「要怎麼看？」

「一定要朝向太陽的方向，因為水星永遠都在太陽旁邊。」

「啊……」

「只要使用特殊的儀器，即使在白天也可以觀測到水星，但家庭用的天文望遠鏡會受到太陽光的影響，所以看不到，只能在即將日出或是太陽快下山等陽光較弱的時候才能觀察到。」

「這裡寫著凌晨。」她看著紀錄紙說道。

「對，所以啟一郎是在日出時觀測，不用說，太陽當然是從東邊升起。」

「二樓的房間看不到日出嗎？」

「看不到。」我搖了搖頭，「無論脖子伸多長都看不到。」

沙也加張大了眼睛，「那是怎麼一回事？」

「我想了很久，最後想到一個可能性，妳可能會笑我太異想天開。」

「我不會笑你，你說吧。」

「很簡單，這棟房子以前朝向東方。」
「以前……」
「我在想，這棟房子可能改建過。」
沙也加聽了，露出意外的表情，站在原地不動，打量著周圍。巡視一周後，視線再度回到我的臉上。
「改建？但佑介的日記上完全沒有提到這件事。」
「是啊，我猜想應該是在他死後改建的。」
「所以這棟房子並沒有那麼老舊？」
「至少沒有我們想的那麼舊。」
「但是，為什麼要改建？既然重新改建了，目前怎麼可能沒有人居住？」
「我也覺得奇怪，但如果認為這棟房子是改建的，至少可以解決一個很大的疑問。」
「什麼疑問？」
「就是妳記憶中那個神秘的房間，」我用大拇指指向廚房，「妳的記憶中明明有那個房間，為什麼這棟房子內沒有那個有綠色窗簾和黑色花瓶的房間？答案就是妳記憶中的那棟房子並不是眼前這棟房子。」

但她立刻搖了搖頭。
「不可能，我記憶中就是這棟房子，沒有錯，絕對不可能搞錯。」
「那妳要放棄有綠色窗簾和花瓶那個房間的記憶嗎？妳能斷言根本沒有那個房間嗎？」
「這……」沙也加低下了頭。
我把手放在她的肩上。
「不瞞妳說，走進這棟房子後，我一直有一個印象，那就是這棟房子完全感覺不到任何因為使用而導致的老舊。」
沙也加抬起頭，我看著她的臉繼續說道：
「比方說，妳腳下的地毯。雖然積滿了灰塵，但幾乎沒有任何磨損。不光是地毯而已，餐桌周圍的地上也完全看不到椅腳挪動造成的刮痕。其他地方也一樣，所有的一切都很新，只是時間慢慢流逝而已。」
「這種……，但不是留下了有人曾經在這裡生活的痕跡嗎？」
「有嗎？」
「對啊，佑介的房間就是啊，御廚先生夫妻的房間也是，廚房也有使用過的痕跡啊。」

「那我問妳，為什麼沒有燈？」

「你是說日光燈嗎？因為被斷電了啊。」

「不，不是被斷電了，而是原本就沒有電。」

沙也加聽了，先是面無表情，然後慢慢露出驚訝的表情。「不會吧……」

「是真的，我剛才確認過了，妳要不要親眼看一下？」

她並沒有說：「我要去看。」只是不停地搖著頭。

「沒有電的話，要怎麼生活……」

「不可能在這裡生活，」我說：「至少看這棟房子內的設備，沒有電力根本無法生活，但是，這裡的確沒有電力供應，所以，只能得出一個結論。這棟房子從一開始就沒有人住。」

「為什麼沒有人住？」

「不知道。既然沒有人住，根本就不需要建造這棟房子。」

沙也加似乎雙腿發軟，跌坐在沙發上。她雙手抱頭，用略微充血的雙眼看著半空。

「怎麼會有這種事？那些東西呢？佑介書桌上攤著他的課本和練習簿，以及他父母房間內安樂椅上織到一半的毛衣又是怎麼回事？那些東西要怎麼解釋？」

「可能有人刻意恢復原狀——這個解釋應該很合理。」

「恢復原狀？」

「對，比方說這個房間，」我巡視著客廳，「這個房間的樣子符合妳的記憶嗎？」

沙也加用力點頭。

「這棟房子重現了老舊房子的陳年歲月，就像是複製品。雖然目前無法得知屋主為什麼要這麼做。」

「難以相信……」沙也加看著虛空，身體微微發抖。

我跪在她的面前，握著她的手說：

「解開謎團的關鍵應該在妳的記憶中，就是那個有綠色窗簾和黑色花瓶的房間。如果整棟房子都是模仿舊房子的複製品，為什麼唯獨少了那個房間？只要知道這個理由，我認為其他的疑問也都可以迎刃而解。」

沙也加嘆了一口氣。

「如果我不回想起來，就無法有進展，但是很抱歉，我什麼都想不起來。腦袋裡好像有一道牆，無論如何都無法前進。」

「那道牆也有入口，一定可以找到打開的方法。」我站了起來。

「你要去哪裡？」

「我要去找消失的房間去了哪裡。」我回答說。

3

我站在沙也加堅稱那裡有一道門的牆壁前，再度思考著。

如何才在模擬一棟舊房子的同時，減去其中一個房間？如果是位在角落的房間，只要縮減那個空間就好，但如果要去除位在客廳與和室之間的房間，就沒那麼簡單。

我在腦海中畫出這棟房子的整體圖，走進了和室。

壁龕對面，也就是靠客廳那一側的牆壁有一個壁櫥，寬度不到一公尺，壁櫥門的圖案和紙拉門相同。我打開一看，裡面什麼都沒有，甚至沒有區隔上下層的隔板。

我退後一步打量著壁櫥，覺得很奇怪。那道牆將近三公尺寬，壁櫥的寬度不到一公尺，剩下的兩公尺空間是什麼？那道牆壁的後方是客廳，但那一側的牆壁並沒有向內凹兩公尺。

我敲了敲那道牆，聽到空洞的聲音。

我感到一陣激動，仔細檢查了牆壁，沒有發現任何異狀，所以再次向壁櫥內張望，看到側面夾板位在腰的位置上，用兩根釘子釘了剛好可以用手抓住的木片。我抓住木片前後搖動，發現夾板並沒有固定，嘎答嘎答地搖晃起來。

我走進壁櫥，兩隻手同時抓住木片，試著向上拉。夾板向上方滑動，下方出現了縫隙。我繼續向前一拉，發現夾板離開了牆壁。

夾板後方的空間堆放了很多零碎的東西。有那麼一下子，我以為自己是發現了遺跡的考古學家。

「可不可以把燈拿給我？」我大聲叫道。

沙也加立刻拿了手電筒過來，看到我站在壁櫥內，以及秘密的儲藏室，頓時愣在那裡。

「那是什麼？」

「我正要進去檢查。」我接過手電筒。

秘密儲藏室內堆放了花瓶、餐具和金屬製的擺設，都積滿了灰塵。

「可能是房子在改建前用的東西。」我說。

「讓我看一下。」

沙也加說。於是，我從儲藏室走了出來，她走進去後，立刻把手伸向深處。

她拿出一個黑色的細長形花瓶。一定是她之前多次提到的、放在記憶中那個房間內的花瓶。

沙也加拿著花瓶，緩緩轉向我說：

「那個房間果然存在。」

「就是那個花瓶嗎？」

她再度看著花瓶，用手掌擦去灰塵後，出現了白色花卉的圖案。

「沒有錯，」她點了點頭，「我看過這個花瓶。」

「讓我進去。」

我再度走進壁櫥，檢查其他的東西。我發現一個鋁合金的箱子，打開一看，裡面是挖空的海綿，我猜想應該是裝天文望遠鏡用的盒子，也有一些之前在二樓的房間看過的觀測紀錄紙。

「你不覺得這個好像被燒過嗎？」沙也加在我身旁問。她拿著一個裝茶具的木箱子，雖然看起來是黑色，但並不是塗的顏色，而是燒焦的痕跡。

「的確是。」

我立刻確認其他物品是否也有相同的痕跡，同時在右側看到了熔化的塑膠人偶和燒焦的木屐。這些物品都證明了一個事實。

「是火災。」說出口之後，我點了點頭，「原來如此，這樣又解開了一個疑問。」

「什麼意思？」

「就是原本的舊房子去了哪裡的疑問。原來被火燒掉了，但有人對那棟房子有深厚的感情，所以才會建造一棟和原來的房子相同的複製品。」

「正因為這個原因，在改建的時候，才沒有建造放花瓶的那個房間。」沙也加拿著花瓶說道。

「也許那個房間正是起火點，所以不願再建那個房間，但增加了這個秘密的儲藏空間，把原本家裡沒有燒光的東西放在這裡——差不多是這樣吧。」

「火災……喔。」

沙也加注視著花瓶，陷入了沉思。也許她聽到火災後想起了什麼。

「妳父母有沒有向妳提過火災的事？」

「也可能提過，」她無力地搖搖頭，「但我忘記了。」

這也難怪。我點了點頭，繼續在老房子的遺物堆內翻找，最後找到一個圓形小鬧鐘。金屬框已經生鏽，玻璃也傷痕累累，但鐘面和指針都還在。

那個鬧鐘指向十一點十分。

我把鬧鐘遞給沙也加。

「我終於知道這個時間的秘密了，那是火災發生的時間。」

她用力眨了眨眼，然後重重地吐了一口氣。

「原來是這樣……但為什麼這棟房子內所有的鐘都停在這個時間？」

「可能是代表在這個時間之前，原本的房子還在的意思，在十一點十一分時，一切都慢慢化為灰燼，除了目前留下的這些東西以外。」我把手電筒照向秘密儲藏室。

這時，牆壁內側和我身高差不多位置的地方，有什麼東西閃了一下。

我站起來，用手電筒照向那個位置，發現是一個十字架。和地下室的十字架不同，是有金屬裝飾的豪華十字架。

十字架旁雕著文字。我用手指擦去灰塵，可以看清楚寫了什麼字。文字不太工整。似乎不是專業雕刻師所雕的。

我叫著沙也加，用手電筒照著十字架和文字對她說：

「妳看看這個。」

她看了之後，臉上的表情好像抽搐起來。

上面刻著「安息吧，佑介　二月十一日」。

4

「又解決了一個疑問。」我關上手電筒，「佑介既不是他殺，也不是自殺，而是死於火災。」

「難道是在那個房間死的？」沙也加遞上手中的花瓶，「死在放這個花瓶的房間……」

「應該吧。」我閉上眼睛，緩緩吸氣，在吐氣的同時張開眼睛。

「所以才不想讓帶有痛苦記憶的房間恢復原狀。」

「也是因為這個原因，所以才會把十字架釘在這裡。」沙也加說完，轉頭看著我，「代表佑介在這裡長眠。」

「安息嗎？」

在回答的同時，一個念頭閃過腦海。我終於瞭解了這棟房子的意義。

「這棟房子該不會是那個？」

「那個？那個是什麼意思？」沙也加露出不安的眼神。

我沒有回答，在六張榻榻米大的和室踱步，整理自己的思緒。之前產生疑問的細節、微不足道的事都同時在腦海浮現，我在腦海中一一驗證，確認是否和我的推理互相矛盾。

「日記呢？」我停下腳步問，「日記放在哪裡？」

「你昨晚在看日記，會不會在二樓他們夫妻的房間？」

我衝出和室，走向樓梯。沙也加跟在我的身後。

但是，我走去樓梯前，在玄關停下了腳步。我看到了掛在鞋櫃上方那幅畫。那是一幅海港的畫。

「怎麼了？到底怎麼了？」沙也加拉著我的袖子。

「我看到這幅畫，竟然沒有想到，真是太蠢了。」我指著畫說道。

「這幅畫怎麼了？」

「我馬上解釋給妳聽，先去看日記。」我走向樓梯。

我在他們夫妻的房間打開了佑介的日記。我要找比較前面的部分，那時候的他還不太會寫漢字。

「果然沒錯。」我看完那部分後說，「這麼一來，所有的事都有了合理解釋。好，我們再去樓下。」我輕輕推著沙也加的後背。

來到玄關，我再度指著那幅海港的畫。

「妳看到這幅畫，不會覺得不對勁嗎？」

沙也加聽了我的問題，想了一下，然後搖了搖頭，「我並不覺得有什麼不對勁，有什麼奇怪的地方嗎？」

「這幅畫本身並不奇怪，問題在於掛在這個家的玄關就有點問題。妳不覺得在這種深山的房子，掛這幅海港的畫很莫名其妙嗎？」

她微微偏著頭，再度打量著那幅畫。

「的確不太搭調，但掛怎樣的畫是個人的自由啊。」

「是啊，但我覺得不自然，還有，妳看一下這一段。」我打開手上的日記本給她看。

日記本上寫著以下的內容。

「五月十二日　陰轉晴。今天特別熱，大家都說熱死了、熱死了，我在打掃完洗手時，也順便洗了腳，太舒服了。大家都說，想去海邊玩。我喜歡游泳。回到家後，看到媽媽也穿了短袖衣服。」

等沙也加抬起頭，我問她：「是不是很奇怪？第一次看的時候，我就覺得有點怪怪的，但並沒有多在意，所以就敗在那裡。」

但是，沙也加露出懷疑的表情，我指著日記的內容對問她：

「你不覺得他寫因為天氣熱，大家想去海邊玩很奇怪嗎？當然，如果是普通的孩子，當然沒問題，但如果是住在這裡長野的深山，說去海邊玩不是很奇怪嗎？明明這附近就有松原湖。」

沙也加驚訝地張大了嘴。

「我想，妳應該知道我想表達的意思。」我闔上筆記本，「這棟房子不是改建的，而是原本的房子在其他地方。」

「在哪裡……」

「那還用問嗎？一定就是你們全家之前住的地方，也就是橫濱。這幅畫應該就是橫濱。」

「把橫濱的房子複製到這裡嗎？」

「對。」

「為什麼要這麼做？為什麼要建在這麼遠的地方？」

我抓著下巴，思考著該如何向她解釋。我摸到自己的鬍碴，但在這裡無法刮鬍子。

「妳聽過克諾索思宮嗎？」我想了一下之後，決定從這個角度談起。

她搖了搖頭，表示她不知道，從她眉毛的動作，我知道她很納悶為什麼問她這個問題。

「那是代表邁諾斯文明的建築物，在克諾索思宮內，有一個房間讓考古學家感到匪夷所思。乍看之下是國王使用的房間，卻有某些部分無法解釋。比方說，排水系統。雖然看似有排水系統，但只建了一半，根本無法發揮作用。另外，房間內使用的材料也是問題。因為在樓梯上使用的石材雖然容易加工，但也很容易磨損，而且，樓梯上幾乎找不到任何因為有人走動造成的磨損。考古學家都很納悶，不知道那個房間到底是什麼用途。」

「結果是什麼？」

「學者們絞盡腦汁，最後終於想到了一個答案。那裡是墳墓。」我回答說，「人死之後，在那個世界生活的地方，陰宅，也就是墳墓。」

沙也加的臉色發白，雙手捂住胸口，皺著眉頭，用不安的眼神看著周圍。

「這棟房子是陰宅？是墳墓……」

「如果這麼想，沒有電力，沒有人住過的痕跡這些事都解釋得通了。我猜想一開始就沒有申請自來水。這棟房子只是複製品，並不是供人居住的。」

「怎麼會……這裡一應俱全啊。」

「但缺少了最重要的東西啊。而且妳不覺得佑介和啟一郎兩個人的東西維持生前的樣子很不自然嗎？如果這棟房子是給活人住的，照理說早就應該把這些東西收起來了，所以，這裡是給死人住的陰宅。妳不是看到柱子上的刻痕嗎？那是想像佑介在那個世界的成長情況後留下的身高紀錄。」

我在說話的同時，感受到自己說的話很可怕，忍不住不寒而慄。

「但怎麼可能特地建造這棟房子作為陰宅呢？」

「不，建造這棟房子並不會花太多錢。這裡的土地費用並不會很昂貴，水電瓦斯都沒有申請，所以只是造了這棟房子而已，正因為這樣，所以才會特地選在這種地方。這裡不會引起別人的注意，只是建造這棟房子，的確費了不少工夫。佑介的書架最令人佩服，書架上有很多蒸氣火車相關的雜誌和書籍，應該都是為了重現他生前喜愛的書籍，特地去二手書店蒐集來的，佑介自己買的書和雜誌應該都被大火燒掉了。」

「難怪有那麼多二手書，」沙也加說完後，看著手上的日記本，「所以，這本日記沒有燒掉。」

「這個嘛，」我打量著她手上的日記，「我猜想這本日記不是放在書架上，而是小心地藏在其他地方，所以才躲過了火災。」

「太諷刺了。」

「是啊。」當初躲過火劫的東西並不多，只有目前放在壁櫥內秘密空間內的那些東西而已。天文望遠鏡可能放在鋁合金的箱子裡，所以才沒有付之一炬。

「果真像你所說的話，這棟房子到底是誰建的？」

「只有兩個人，佑介的父親和他的祖母。雖然虐待兒子的男人不太可能建造這種房子悼念兒子，但也無法排除兒子死後，喚醒了他身為父親自覺的可能性。」

沙也加用手摸著臉頰。

「所以我爸爸在幹什麼？不時來這裡幹什麼？」

「既然這棟房子是墳墓，來這裡的理由當然只有一個。」我看著沙加也，確認她無意回答後，我再度開了口，「是來這裡掃墓。」

「為佑介掃墓？」

「應該是。」

「冰箱裡不是有罐裝的果汁嗎？還是我爸爸討厭的牛肉罐頭。」

「佑介應該喜歡，」我靜靜地說：「掃墓時當然要帶死者生前喜歡的食物。」

沙也加低頭不語。我聽到嘶、嘶的聲音，隔了一會兒，才意識到那是她鼻子發出的呼吸聲。

「玄關的門用螺絲鎖住了。」她抬起頭說。

「應該是為了避免盜墓吧。」我回答，「但小偷可能以為是別墅來闖空門。」

「原來是這樣……」她靠在一旁的牆上，「所以我們從昨天開始，就一直在墳墓裡。」

「妳覺得害怕嗎？」

「有一點，但是，」她仰望著天花板，「想到建造這棟房子的人當時的心情，我更覺得難過。」

「我也有同感。」我說。

我們回到客廳。想到這裡是墳墓，就覺得積滿灰塵的沙發和其他家具頓時充滿了威嚴。

「我們好像印第安納・瓊斯。」

「就是啊。」我表示同意。那是以前我們一起看的一部電影。

「既然是墳墓，屍體也埋在下面嗎？」

「應該不可能。因為處理屍體需要辦相關的手續。」說完，我偏著頭說：「但也很難說。」

「既然已經建了這種墳墓，」她說：「真的很難說啊。」

「是啊。」

「如果屍體真的埋在這裡，會是秘密壁櫥下面嗎？」

「也許吧，因為那裡釘了十字架，」說著，我又發現了另外一個疑問，「地下室也貼了十字架，那又是怎麼回事？」

「因為是墳墓的入口嗎？」

「有可能。」

但我認為不像是這麼簡單，所以拿起手電筒站了起來。沙也加沒有跟著我下樓。

我來到地下室，仔細觀察了那個十字架。那是用木片做的簡陋十字架，為什麼不做得像樣一點呢？

我用手電筒照著十字架周圍，發現天花板附近有刮痕，好像用刀子在水泥上刻了什麼。

我從口袋裡拿出手帕，擦掉了表面的髒污。我的預感成真，那裡也刻了字。

5

我聽到走下樓梯的腳步聲，立刻離開了牆邊。

「你發現了什麼？」沙也加問：「你這麼久都沒上來，所以我下來看看。」

「我發現了有趣的東西。」我把手電筒夾在腋下，拍了拍雙手。「但其實也不算是重大的發現。」

「你不是在看十字架嗎？看到了什麼嗎？」

「嗯，這裡也刻了字。」我用手電筒照亮那個地方。

「安息吧　二月十一日」——水泥牆上刻了這些字。

「和那個十字架旁一樣。」

「對啊。」

「但這是什麼？」她指著「安息吧」稍微上面的位置，「好像被刮掉了。」

「可能只是刮痕而已。」

「我覺得不太像，你仔細看看。」

沙也加說，我再度把臉湊到牆壁前。

「是不是很奇怪？」她說：「好像原本刻了什麼字，但之後又刮掉了，你覺得呢？」

「說像也有點像，」我表示同意，「但也可能只是寫錯而已。」

「也對啦……」她似乎無法放棄剛才的想法，仍然注視著那個部分，「只是寫『安息吧』這三個字，要怎麼寫錯？」

我離開沙也加身旁沉默片刻。我不認為隨便找個理由敷衍她的疑問是解決的好方法。

沙也加用力垂下雙肩，看著我苦笑起來。

「搞不懂，」她說：「也可能像你說的，只是寫錯了而已。」

「先從知道的事開始著手比較好。」

「就這麼辦。」

她走向樓梯，我推著她的背。

「這次就到此為止，要不要回東京了？」回到客廳後，我向她提議，「這棟房子的事已經知道了，也知道了妳父親來這裡的理由，也可以大致猜到妳小時候看到了什麼，我認為此行的目的已經完成。」

「但我的記憶還沒有找回來啊。」

「我知道，但即使繼續留在這裡，也不可能解決問題。比方說，關於御廚家的事，去橫濱調查應該比留在這裡更能夠打聽到確實的消息。」

沙也加沒有回答，走到鋼琴前，打開琴蓋，敲了一個琴鍵。鋼琴發出潮濕的聲音。即使對音感毫無自信的我，也知道那並不是原來的音。

「我以前在這裡彈過鋼琴，很久以前，很久很久以前。」她看著周圍，「就在這個房間，絕對沒錯。」

「應該是成為這棟房子原型的房子。」

聽到我這麼說，她淡淡地笑了笑，「沒錯，是這棟房子原型的房子。」

「妳經常去那棟房子玩，也多次出入和這裡完全一樣的客廳，所以隨手彈過放在那裡的鋼琴也很正常。」

「隨手彈……」

她搬了一張椅子，坐在鋼琴前，全身醞釀出隨時要開始彈鋼琴的氣氛。我以前從來沒有聽說她會彈鋼琴。

但是，她並沒有彈下去，轉身面對我。

「我覺得我會彈，」沙也加對我說：「或許你覺得我很蠢，但我真的這麼認為，雖然我不知道手指要怎麼動。」

「好像女生都希望自己會彈鋼琴。」

「不是你說的那樣，該怎麼說，有一種觸動心弦的感覺。」

她煩躁地拍著大腿，但可能覺得此刻說這些也沒用，所以立刻嘆了一口氣說：

「我不回去，還要繼續留在這裡。」

「但該查的不是都已經查到了嗎？」

「還有啊，不是還有那個金庫嗎？」

「那個喔，」這次輪到我嘆息，「沒辦法，不知道密碼就打不開。」

「怎樣的密碼？要知道幾位數的數字？」

「是幾個兩位數的數字組成的密碼，旋轉的方向也固定，隨便亂轉根本不可能打開。」

「既然是這麼複雜的數字，一定寫在哪裡。」

「我也這麼想，所以找過了，但完全找不到。」

「數字喔，」沙也加看著鋼琴的方向，關上了琴蓋，「反正我還要留在這裡。」

雖然她的語氣很平靜，但顯然心意已堅。

「好吧，但要不要先去吃點東西？妳肚子不餓嗎？」

「我也不知道到底餓不餓，你一個人去吃吧，我留在這裡。我總覺得一旦離開這裡，好不容易即將喚醒的記憶又會遠離。」

「那我買回來給妳，老是吃三明治太膩了，要不要吃飯糰配茶？」

「嗯，你決定吧。」沙也加心不在焉地說，她似乎專心追尋著消失的記憶。

我獨自開車去街上。開車時，忍不住思考，這次來這裡到底對不對，認為這次是失敗的想法漸漸占據了我的腦海。雖然解開了很多謎團，至於這些答案是否對沙也加有幫助，恐怕有很大的疑問，而且我更擔心會對她造成傷害。她自己還沒有察覺，但這種可能性相當高。

昨晚來過的便利超商已經開始營業，我買了幾個飯糰和蔬菜沙拉，以及兩罐綠茶。我決定不多買食物，無論如何，都要讓這一餐成為在那棟房子裡的最後一餐。回去的路上，經過了松原湖畔。可能是假日會有很多觀光客造訪，湖畔的商店比昨天更熱鬧。

回到那棟房子後，我立刻帶著食物去了客廳，但沙也加不在，我去看了和室後，走上了樓梯。

她在二樓啟一郎夫妻的房間，靠在安樂椅上，茫然地看著窗外。她似乎聽到了我的腳步聲，轉頭看著我。

「我想等你回來再動手。」沙也加說。

「等我？動手什麼？」

「看裡面的東西啊。」

「裡面的東西？」

「金庫裡面的東西啊。」她的語氣很乾脆。

「金庫？」我看著壁櫥，我費了九牛二虎之力也打不開的金庫門，竟然朝向我敞開著。我倒吸了一口氣，看著沙也加：「妳是怎麼打開的？」

「當然是用密碼。」她做出轉動密碼鎖的動作。

「妳知道密碼？」

「對。」她點了點頭，「在這棟房子裡的數字只有一個，二月十一日，十一點十分。〇二、一一、一一、一〇。」

「所以就打開了？」

「沒錯。」她回答的時候，並沒有露出得意的神情。

「真是夠了，」我說，「我剛才那麼辛苦簡直白費了。」

「那種事不重要，」她站了起來，走到我旁邊，「你把金庫裡面的東西拿出來。」

「妳還沒看嗎？」

「還沒看。」她說完，費力地擠出一個笑容，「因為很可怕，所以等你回來再說。」

我也覺得很可怕。我暗自嘀咕，然後伸出手。

金庫裡放了一個灰色的Ａ４信封，鼓鼓的信封裡除了資料以外，應該還有其他東西。

信封表面用黑色麥克筆寫著「御廚藤子夫人親啟」幾個字。收信人應該是御廚啟一郎的妻子，也就是佑介的祖母，背面寫著「神奈川縣警小倉莊八」。

「警察……」

「裡面裝了什麼？」

在沙也加的催促下，我打開了信封，裡面有兩張信箋和一封藍色手套，應該是兒童手套。

「日記上有提到這副手套。」沙也加說，「我記得是新年的時候，他說第一次戴媽媽織的水藍色手套。」

我把手套放在手掌上，手套的大拇指和食指的部分被燒掉了。

6

信箋和信封上所寫的文字筆跡相同，寫了以下的內容。

「現將寄放在此多日的物品歸還，因是妳孫子的遺物，想必會勾起妳的感傷，但我只是盡職務之責，敬請見諒。

昨天在分局內完成了最終報告，做出了這場意外疑為用火不慎引起火災的結論。起火點位在一樓中央雅和先生的書房，相信夫人也知道，最近因為空氣乾燥，類似的火災頻傳。

恕我斗膽表達我個人的意見，我並不同意這樣的結論，心裡仍然有好幾個不得其解的疑問，最在意的就是在那個房間燒焦的現場發現了一個十八公升的燈油桶。
關於這一點，妳向警方陳述，因為雅和先生覺得每次為取暖器加燈油時，都要去地下室拿太麻煩，所以經常把一罐燈油放在房間內。
以前曾經在府上當幫傭的倉橋民子女士也做出了相同的證詞。
但我還是無法接受，從燒焦的痕跡判斷，雅和先生的書房有很多高級家具和擺設，是非常有品味的房間，難以想像會在那樣的房間角落放十八公升的燈油桶這種煞風景的東西。
恕我直言，我仍然堅信我最初的直覺，我知道這種不祥的想像引起妳的震怒，但我仍然猜想那場火災是父子同歸於盡。
從現場找到的佑介那副手套可以證明我的推理，暫時交由警方保管的這副手套在手指的第一關節和第二關節之間清楚地留下了一條棕色的線痕，一看就知道是鐵鏽。為什麼會有那條鏽斑？在思考了所有的可能性之後，認為最有可能是在搬十八公升的燈油桶時留下的痕跡。十八公升的燈油桶上附有細條的金屬把手，一旦金屬把手生鏽，戴著手套提起燈油桶時，就會留下幾乎相同的痕跡。
所以，當時才會向妳提出暫時保管這副手套的要求。
但鑑識人員認為無法斷定那副手套是否曾經用來搬燈油桶。誠如夫人所知，既然無法斷定，手套就不具有任何證據能力。

除此以外，還有多處不像是單純火災的疑點，只是都缺乏有力的證據，無法成為證明父子同歸於盡的證據。

雖然深感遺憾，但最後還是決定從這起事件收手，再加上目前又發生了一起大案，必須將精力投入那起案子的偵辦工作。

我相信之後應該沒有機會再見面了，敬請保重身體，衷心祈禱妳早日走出傷痛。」

在署名之後，還有附記內容。

「附記　最近接獲奇怪的通報，通報者聲稱在二月十一日，也就是案發當天在動物園看到妳們。從時間上來說，應該不可能，而且妳當初告訴警方，當天獨自一人出門買菜，所以顯然相互矛盾。雖然警方人員向通報者如此解釋，但對方似乎不太接受，可能有人和妳長得很像吧。」

看完之後，我把信箋交給沙也加。她立刻聚精會神地看了起來，我檢查了那副手套。正如刑警小倉在信中所寫的，手指的地方有一條棕色的線痕。

「怎麼會這樣？」我忍不住說道。佑介的死果然牽涉到複雜而醜陋的人際關係嗎？

「同歸於盡……」沙也加小聲嘀咕道：「火災並不是單純的意外嗎？」

「雖然那名警察無法斷言，但他這麼推理。」

「他在信中說，有很多疑點，還有這副手套。」說著，她看著我手上的手套。

「在書房內發現十八公升的燈油桶的確很奇怪，照理說，警方應該會更詳細調查這起案子。」我說。

沙也加似乎察覺到我話中有話。

「照理說？」她立刻問我。

「御廚啟一郎是法律專家，當然在警界的人脈很廣，很可能因為這個原因，導致警方沒有深入追查。如果御廚夫人向警界高層打招呼，希望不要嚴加追查，恐怕警方就會草草結案。」

「難道御廚夫人知道是父子同歸於盡，故意想要隱瞞嗎？」

「有可能，」我回答說，「反過來說，警方沒有積極偵查，更證明了火災並非單純失火。」

沙也加再度低頭看著信箋，然後抬起頭說：

「果真如此的話，是誰找誰同歸於盡？名叫雅和的父親嗎？還是……」

「根據這位刑警的推理，應該是佑介。」

她似乎也想到了這個答案，所以並沒有感到驚訝，反而露出了失望的表情，覺得果然是這麼一回事。

「佑介搬了……十八公升的燈油桶，當然是這樣吧。」

「火災發生在上午十一點左右，而且二月十一日是假日，也許御廚雅和還在睡覺。因為他愛喝酒，那天可能剛好宿醉，佑介想要和他同歸於盡的話，無疑是良好的時機。」

「你覺得他是怎麼做的？」沙也加眼中露出害怕。

「應該是很普通的方法吧，趁對方熟睡之際灑燈油，然後點火。很簡單，就連小孩子都能做到。」

「之後自己怎麼做？跳進火裡嗎？」

「應該吧。」

聽到我的回答，沙也加不發一語地注視著我的眼睛，似乎在問：「真的是這樣嗎？」

「不是這樣嗎？」我問。

「他做得到嗎？」她微微偏著頭，「他做得到這麼可怕的事嗎？」

「從日記中就知道，佑介因為他的父親煩惱不已，人一旦被逼急了，會做出令人難以置信的事。」

「這我知道。」沙也加單手托腮，微微歪著腦袋，似乎無法接受。

我把手套放回信封。

「總之，在這裡無法瞭解進一步消息，佑介找他父親同歸於盡，也只是這位刑警的推理而已。」

「是啊，」她小聲回答後，瀏覽了信箋的內容，但最後的附記吸引了她的注意。「最後附記的部分，」說著，她把信遞到我面前，「這是怎麼回事？」

「沒什麼啊，只是有人長得像她而已啊。」

「但這個警察為什麼要在附記中特地提起這種無關緊要的事？」

「他可能覺得是趣聞吧。」

「我不這麼認為，」她搖了搖頭，「而且你不認為警方接獲通報這件事就很奇怪嗎？」

「為什麼？」

「因為，」她舔了舔嘴唇，似乎在整理自己的想法。當她想清楚之後，又繼續說了下去，「你不覺得有人在火災發生的當天看到了相關的人，就特地打電話去警局很奇怪嗎？當時御廚夫人在哪裡和火災沒有任何關係。如果是懷疑夫人縱火，為了證明她的不在場證明，或許還情有可原，但看信上所寫的內容，並不是這麼一回事啊。」

聽她這麼說，我又重新看了附記的部分，覺得沙也加說的話很有道理。

「你是不是也覺得很奇怪？」沙也加看著我的臉問。

「很難說，」我謹慎地回答，「因為聽說不管發生任何事件，即使明顯和案情無關的事，也會有人特地聯絡警方。這個通報者可能也屬於這種情況，刑警在附記的部分提這件事，就代表這件事並不重要。」

「是這樣嗎？」

「還有其他可能嗎？」我反問她。

沙也加看向窗戶，咬著自己右手的大拇指，足足思考了三十秒。

「動物園……」她小聲嘀咕著。

「什麼？」我問她，「妳說什麼？」

她轉頭看著我。

「我對動物園這件事耿耿於懷，在火災發生的那天去動物園……火災和動物園……」她用雙手捧著自己的臉，凝視著半空中某一點，「不是毫無關係，我覺得這兩件事之間有某種關係。」

我努力擠出笑容，把手搭在她肩上。

「妳太累了，所以連這種小事都很在意，把一些毫無意義的事也想成有某種意義。」

「不是的，我真的快想起來了。」說著，沙也加一直重複著「動物園、動物園」，似乎相信那是可以幫她找回記憶的咒語。

「要不要先吃東西？放鬆一下比較好。」

「對不起，你先不要說話。」她用和之前完全不同的強烈語氣說道，我不小心把手上的信封掉在地上。這個聲音似乎讓陷入思考的她回過神，對我苦笑著，為剛才那句話感到不好意思，「對不起，我給你添了那麼多麻煩，竟然說那種話。」

「沒關係，只是我覺得妳鑽牛角尖反而不好。」

「是啊。」她點了點頭，「你說的對，也許應該放鬆一下心情。你幫我買了什麼？」

「只是隨便買一些。」我拿起放在地上的超商袋子。

「我們下樓去吧。」

「妳先下去吧，我稍微整理一下。」

「好。」

沙也加走出房間，確認她下樓後，我走向房間角落的衣櫃，打開衣櫃下方的抽屜，從裡面拿出聖經。

聽到動物園時，我想起一件事。昨天在檢查聖經時，看到裡面夾了兩張動物園的票根。當時並沒有太在意，所以沒有看上面的日期。

票根剛好夾在聖經中間，三公分左右的票根，總共有兩張。一張成人票，另一張是兒童票。

日期——。

沒錯。雖然有點磨損，看不太清楚，但的確是二月十一日。年份也一致。

這件事絕非巧合。刑警小倉在信中提到通報者說的那件事是事實，火災發生的那一天，御廚夫人去了動物園。

而且，夫人並不是一個人去那裡。

那封信的附記部分也寫著「看到妳們」，「成人」的票根是夫人的，但那張「兒童」票根是誰的呢？不用說，當然不可能是佑介。

一股不祥的冷風從後背吹向脖子，我的手指好像凍僵了，手上的動物園票根差點掉落。

我把票根夾回聖經，關上抽屜。雖然只是這麼簡單的事，但我的動作很僵硬。

這時，背後傳來咯吱的聲音，我屏住呼吸回頭一看，發現沙也加詫異地看著我。

「你在幹什麼？」她問。
「沒、沒事。」我站了起來，「我檢查一下抽屜，裡面只有一本舊聖經。」
我在回答的同時，迅速思考著萬一她說要看聖經，我該如何回答，但一時想不出妙計，腋下流著汗。
「他們好像是基督徒，所以有聖經也很正常。」她說。
「是啊。」
「快下去吧。」
「好啊。」
我跟著她走出房間，暗自鬆了一口氣。

7

「我在想，也許並不是妳很特別，」我咬著便利超商買的飯糰說：「大部分人都會把小時候的事忘得精光，更不要說是小學之前的事。」
「所以呢？」沙也加看著我。
我喝著罐裝綠茶，把嘴裡的飯吞了下去。

「就到此為止吧，我覺得既然御廚家把一切都埋葬了，我們沒有權利繼續刺探他家的事。」

這句話似乎發揮了效果，沙也加露出訝異的表情。

「更何況這裡是墳墓？」

「對，」我點了點頭，「更何況這裡是墳墓。」

沙也加抱著雙臂靠在沙發上，打量著我的臉。

「我覺得你很奇怪。」她的眼神充滿疑惑。

我略微收起下巴，「奇怪？怎麼奇怪？」

「好像突然變消極了，剛才還那麼熱心推理……到底怎麼了？」

「沒怎樣啊，因為謎團都解開了，我只是提議差不多該告一段落了。而且我剛才也說了，我們沒有權利在御廚家的墳墓亂來。」

「真的只是這樣而已嗎？」

「就這樣而已啊，不然還有什麼？」我直視著她的眼睛。

她沉默了幾秒後，移開了視線。

「我不認為所有的謎團都解開了。」

「是嗎？我認為我們對御廚家的悲劇幾乎已經完全瞭解了，御廚啟一郎對長子雅和不抱任何希望，把孫子佑介當成是自己的孩子養育，因此導致雅和心靈的扭曲，在啟一郎去世後，雅和開始虐待佑介，為了擺脫這種痛苦，佑介決定和他同歸於盡。所有的一切，我們不是都知道了嗎？除此以外，還需要知道什麼？」

「我覺得還少了什麼。」

「妳想太多了。」

「才不是呢！」她從沙發上站了起來，看著客廳的天花板在室內走了幾步，最後在鋼琴前停下腳步，「你剛才說的故事中，根本沒有我的存在。」

「當然啊，」我故作平靜地說：「妳基本上就是外人，和佑介遭到虐待，以及房子起火這件事都沒有關係。」

「是嗎？」

「是啊，不然妳想說什麼？」

沙也加坐在鋼琴的椅子上，用力深呼吸。

「我覺得我看過。」

「看過什麼？」我問。

她停頓了一下後回答：「房子……燒毀的樣子。」

我倒吸了一口氣，「燒毀的樣子？妳是說御廚家嗎？」

「不知道，但應該是這樣，周圍有很多煙霧，有很多人圍觀，前方是那棟燒黑的房子……」她輕輕地閉上眼睛，「我身旁還有另一個人。」

「如果妳在御廚家的火災現場，一定是和彌姨，也就是妳媽媽在一起。」

沙也加張開眼睛，再度深呼吸，胸口用力起伏。

她的雙眼突然停了下來，好像捕捉到什麼。我順著她的視線望去，看到了茶几。

「妳在看什麼？」我看了看她的臉，又看著茶几問。

沙也加看著我，然後從茶几上拿起一個包了海苔的飯糰，好像是什麼珍寶般，用雙手捧在手心，雙眼凝望著遠方。

「喂……」

我叫著她，但她沒有回應。她跪在地上，嘴裡唸唸有詞。我豎起耳朵，聽到沙也加說：

「不可以餵食，會被罵，不可以餵食——」

我搖晃著她的身體。

「妳怎麼了？振作點！」

她看著我，但眼中充滿了思考被打斷的憤怒。

「拜託你，先別理我。」她用壓抑的口吻對我說。

「這怎麼行？把妳正在思考的事告訴我。」

「我想一個人靜一靜，十分鐘，不，只要五分鐘就夠了，讓我安靜一下。」

我感受到強烈的焦慮，但想不出脫困的方法。

「那我去隔壁和室，有事就叫我，好嗎？」

她不發一語地點了點頭。

我心情沉重地走進和室，盤腿坐在滿是灰塵的榻榻米上抱著雙臂。

不可以餵食──

沙也加顯然漸漸找回了記憶，我可以坐視她回想起往事嗎？我不知如何是好。如果可以，我希望可以立刻帶她離開這裡，但這樣真的是對她最好的選擇嗎？

她說我變得消極了。她生性敏感，所以蹩腳的演技騙不了她嗎？我的確變得消極了。我在害怕。

一看時間，我走進這個房間已經八分鐘了。我躡手躡腳地走了出去，觀察客廳的情況。沙也加不在那裡。

「沙也加。」我忍不住叫了起來，跑向樓梯。一口氣衝了上去，走去啟一郎夫婦的房間，發現她蹲在衣櫃前。

「沙也加……」我又叫了一聲。

她的嘴唇動了一下，先是吐了一口氣，然後聽到她沙啞的聲音。

「為什麼？」她說：「房子著火的那天，御廚夫人果然去了動物園，但是，究竟為什麼？」

「妳在說什麼？」

「為什麼我會和夫人一起去動物園？」

「妳嗎？怎麼可能？」我想一笑置之，卻笑不出來，臉部的肌肉不自然地抽搐著。

沙也加的視線好像黏在我臉上，對我搖了搖頭。

「我想起來了，我去了動物園。很久很久以前，在我很小的時候。雖然我不記得牽著我的那個人長什麼樣子，但我記得她身穿和服。那不是我媽媽，我媽媽平時不穿和服。」

「那是錯覺，妳記錯了。」

「那請你告訴我，這又是什麼？」她拿出票根說：「這是二月十一日的票根，一定就是發生火災的那天。成人和兒童，剛才那封信上不是提到，有人看到夫人去了動物園嗎？」

我無言以對，必須立刻想出應付她的話，但我心浮氣躁，完全不知道如何脫困。

「夫人去了動物園，她和誰去的？這張兒童票是誰的？不是我嗎？」

我低下頭。這時，一陣風吹來，門啪地一聲關上了。

「你是不是已經發現了？你是不是已經發現是我和夫人一起去了動物園？但你想要隱瞞，為什麼？」

「我不知道妳在說什麼？」

「不要敷衍我。」她並沒有很大聲，但聲音很尖銳，「你剛才不是故意不讓我看這個嗎？」她抓著票根的手伸到我面前，「我知道你在隱瞞，只是故意假裝沒有察覺，因為我打算晚一點來看就好了。」

「妳不要激動，妳有點混亂。」

「我不是有點混亂，而是一片混亂，但是——」她看著手上的票根，「但是，我可能回想起來了，我回想起所有的事。」

沙也加緩緩抬起頭。

「有幾個畫面出現在眼前，就像在看電影的預告片，只是我沒有自信，不知道那些是否真的是以前曾經發生過的事。不，我不願相信那些事曾經發生過，因為——」

她閉上嘴唇，眨了兩、三次眼睛後繼續說：「因為那些事很可怕。」

「沙也加……」我蹲在她面前，握住了她的手。「那是妳的妄想，妳太累了，所以才會胡思亂想，所以今天就先回東京——」

「我希望你告訴我一件事。」她打斷我說道。

「什麼事？」

「我希望你誠實回答我，不要說謊。」

我愣了一下，隨即回答說：「好。」

沙也加注視著我的眼睛問：「關於地下室的十字架。」

「……嗯。」

「十字架旁寫著『安息吧』，但在這幾個字上方，有被刮掉的痕跡，好像有人刮掉了原本寫的字。」

我想要嚥口水，但口乾舌燥。

「是不是你刮掉的？」

「不。」

「我剛才已經說了，請你不要說謊。」她略微充血的雙眼瞪著我，「手電筒角落沾到了水泥粉末，你是不是用手電筒刮掉了牆上的字？請你對我說實話。」

我閉口不語，沙也加繼續說道。

「我不會問你為什麼這麼做，只希望你告訴我，那上面寫了什麼？」

我仍然沒有吭氣，她輕輕嘆了一口氣說：

「那我換一種方式問你，那裡是不是寫了一個名字？」

我想對她說：「不是」，但內心有一股力量制止了我。不必再隱瞞了，已經都無法隱瞞了。那股力量對我說。

「那個名字——」她靜靜地對我說：「是不是沙、也、加？那上面是不是寫著『沙也加』？」

好像有一個大浪向我打來，隨即又退潮了。我感到渾身無力。

我張開嘴，卻沒有聲音。我無法發出聲音，但沙也加從我的反應中得到了答案。

「果然是這樣，」淚水同時從她的雙眼流了下來，她沒有擦拭眼淚，站了起來。

「太奇怪了，」她說，「沙也加，安息吧。所以，倉橋沙也加已經死了嗎？那我是？至今為止，一直以為自己是沙也加的我，在高中時代，你一直叫的那個沙也加到底是誰？」

她背對著窗戶站在窗前，窗外陽光燦爛，但室內仍然很昏暗，她的身影變成了黑色的輪廓。

「我在那個動物園時，想給大象吃飯糰，和我在一起的女人對我說，不可以餵食，會被罵，久美。」

「久美……」

「可能是長久的久，美麗的美，但我不記得漢字怎麼寫，而且，只有那個人叫我久美，其他人都用小名叫我，我的小名叫茶米。」

8

在得知佐介在日記中提到的「那傢伙」御廚雅和不是佑介的哥哥，而是他的父親時，我就發現了一個矛盾。

矛盾的關鍵就在御廚啟一郎寫給中野政嗣的信中，其中有這樣一段文字。

「很驚訝您竟然知道第二個孩子即將出生一事。因為我覺得這種事不值得報喜，所以一直沒通知您，很抱歉。因為老大是兒子的關係，所以這次覺得無論男女都好。」

看這封信的時候，我以為御廚雅和是佑介的哥哥，所以認定信中提到的第二個孩子就是佑介。

但既然御廚雅和是佑介的父親，這封信的意義就完全不一樣了。第一個孩子是佑介，即將要再生另一個孩子。

佑介的母親在生下他不久就去世了，所以當時懷孕的應該是御廚雅和再婚的對象。

第二個孩子之後怎麼樣了？如果順利生了下來，當然應該出現在佑介的日記中。那就是我認為有矛盾的地方。

但是，有一種方式可以解釋。

另一封信中提到，御廚雅和再度離婚了。他沾染賭博，被開除教職，對方離他而去。對方在離婚時帶走了小孩。

只不過我仍然覺得有一個疙瘩。御廚啟一郎對佑介投入了很深的感情，所以，他應該也想親自照顧第二個孫子，至少不會默認兒子的第二任太太帶走自己的孫子。

只不過我沒有把內心的疑問告訴沙也加，我無法解釋其中的理由，因為有一個聲音警告我，深入追究這個問題很危險。

在地下室的十字架旁看到那些文字時，證實了我的預感。沙也加說的沒錯，那裡刻著以下的字。

「沙也加　安息吧　二月十一日」

我不認為剛好有另一名少女叫相同的名字，這個沙也加一定就是佑介在日記中也曾經提到的「沙也加」。

不用說，我當然陷入了混亂。

並非只有佑介和御廚雅和在那場火災中喪生，住在附近的彌姨的女兒「沙也加」也死了。可能她在地下室玩，不幸葬身火窟。

總之，這棟房子除了是佑介的墳墓以外，也是「沙也加」的墳墓。

但是，這麼一來，和我在一起的這個名叫沙也加的女人，她的存在就有很大的問題。

她是誰？她不可能是和御廚家無關的人。因為她有關於御廚家的記憶，雖然只是一些片段的記憶。

就在這時，我想起了下落不明的御廚雅和第二個孩子，那個孩子會不會就是沙也加——我叫她沙也加的女人？

我回想起佑介的日記。在他的日記中，有沒有提到那第二個孩子？有沒有暗示那個孩子存在的記述？

於是，我想起了茶米這個名字。佑介在日記中寫到某些事時，曾經數度提到茶米。

「那傢伙帶了一個大行李箱搬來了，（中略）我不希望他出現在家裡，但茶米很可愛，想到可以和茶米住在一起就很高興，只要茶米來我們家就好了。」

「我用紙團和茶米玩傳接球，茶米一開始不太會玩，但很快就學會了。」

「傍晚的時候，彌姨帶她的女兒來家裡，說想要來看茶米。我把茶米帶了過來，彌姨的女兒口齒不清地說：『午安，我是沙也加。』她的聲音很可愛。」

日記中完全沒有提到茶米是一隻貓，是我們誤以為茶米是貓。

想到這裡，我用手電筒的一角刮掉了牆上的字。某個推理正在漸漸形成，完全無關我的意志，我決定不再繼續思考這個問題，更急著趕快把沙也加帶離這裡。

但是，沙也加不想離開這裡，她打開了金庫，發現了更決定性的事實。那就是刑警小倉莊八的信。

看了刑警小倉的信，再確認了動物園的票根後，我幾乎完全瞭解了御廚家曾經發生了什麼事，以及和沙也加有什麼關係。

從那張票根可以知道，御廚夫人那天去了動物園，但小倉刑警在信中認為「從時間上來說，應該不可能」，為什麼認為不可能？因為夫人說，當時她一個人出門買菜，所以和她的陳述相矛盾。不，如果這樣的話，應該懷疑夫人的陳述，但刑警之所以斷言「不可能」，一定有他的根據。

我想到問題可能並不在於夫人，而是和她在一起的小孩。那個小孩當天去動物園這件事很重要。

首先，我假設當天和夫人一起去動物園的會不會是御廚雅和的第二個孩子，也就是夫人帶著孫女去了動物園。

然後，我想起有一個女孩死在地下室這件事，那個女孩是「彌姨的女兒沙也加」。這兩件事之間並不矛盾。

但是，如果警方認為燒死的那具屍體不是「沙也加」，而是御廚雅和的第二個孩子，結果會怎麼樣？

是否會認為那個孩子「不可能」出現在動物園？

警方當然不可能隨便認錯屍體的身分，一定有什麼原因讓他們做出了錯誤的判斷。

御廚夫人看見了那具屍體，而且確認那具屍體是她的孫女。

於是，御廚家的女兒茶米就死了，倉橋沙也加就活了下來。

茶米變成了倉橋家的女兒，為了避免事跡敗露，倉橋夫婦搬了家，而且把茶米當成沙也加養育成人，他們一定很慶幸她失去了記憶。

為什麼要掉包？其中的原因只能臆測。我認為御廚夫人應該為了茶米著想。因為哥哥遭到家暴，最後還和父親同歸於盡，在家中葬身火窟，而且父親被烙上了社會人失格的烙印，恐怕會對茶米的未來產生負面影響。

失去女兒的倉橋夫婦也對把恩人的女兒當成自己的女兒養育長大沒有任何意見，至於他們是否認為御廚家殺死了自己的女兒，這個問題超過了我的想像的範圍。

9

「我不是記得以前曾經在這個家裡玩過嗎？我記得和我一起玩的人是小孩子，原來那是沙也加，真正的沙也加。」

眼前這個應該叫御廚久美，小名叫茶米的女人淡淡地笑著。

「我不想讓妳痛苦，才沒有把我的想法說出來。」

「嗯，我知道。」

「而且，」我說：「在目前還沒有確認之前，也的確不好說。」

「嗯，是啊，的確要先確認。」

她走到安樂椅旁，輕輕按了按椅背。安樂椅像鐘擺一樣搖晃了一陣子後停了下來，「我──」她說到一半，停了下來。

「什麼？」我問她。

她看著我問：「我媽媽愛我嗎？」

「呃……」

「我覺得她可能不愛我，雖然她可能努力想這麼做，但最終還是無法愛我。」

「妳為什麼這麼想？」

「因為我覺得我媽媽每次看到我，都會想起真正的沙也加。一旦想起，就會感到難過。」

我不發一語地看著她的眼睛。她的視線不安定地晃動著，彷彿沉澱在意識深處的某些東西正在靜靜地搖晃。

「而且，」她繼續說道：「我應該也沒有親近她。」

「怎麼可能嘛。」

「不，」她輕輕搖著頭，「我沒有親近她，你不是看了照片嗎？我是一個不會笑的孩子。」

「妳突然去了別人家，而且還改了名字，的確無法一下子親近啊。」

「不光是這樣，我覺得自己感到很害怕，隨時都提心吊膽。不是別人不愛我，而是我不讓別人愛我。我相信我媽媽也不知道該怎麼和我相處。」她雙手捧著自己的臉，眼眶有點紅。

我思考著該對她說的話，但絞盡腦汁也想不出來，無奈之下，只好看著房間角落的某一點，總覺得陳舊的記憶帶著灰塵留在那裡。

她吐了一口氣。「對不起，不說了。」

「我想應該沒有答案。」

「也許吧，」說完，她又偏著頭說：「但是，我為什麼那麼害怕呢……」

「回去吧，」我把手放在她的背上，「我們回去吧。」

她連續撥了好幾次頭髮，然後巡視室內。

「好啊，我們走吧。」

我走去窗邊關上了窗戶，室內立刻暗了下來，她打開了手電筒。

「不知道這棟房子接下來會怎麼處理。」

「不知道……可能得由妳來決定。」

聽到我的回答，她輕輕點了點頭。

關上所有的門後，我們走去地下室。我想立刻走出去，但她突然停下了腳步。

「沙也加死在這種地方。」她感傷地咕噥道。

「這裡只是複製品。」我說。

「沙也加可能很喜歡躲在這裡。」

「妳為什麼這麼想？」

「我不是曾經告訴你，我的父母曾經對我說過小時候的事。他們說我五歲的時候失蹤，他們臉色大變地四處找我，結果我躲在家裡的儲藏室裡睡著了。」

「喔……」

「我猜想那個儲藏室是指這裡，所以他們的回憶並不是關於我的，而是關於沙也加的回憶。」

「妳也是沙也加。」我很自然地說了這句話。

她看著我，一雙細長的眼睛反射著手電筒的光。

「你這麼覺得嗎？」她問我。

「嗯，」我點了點頭，「至少對我來說，妳就是沙也加。」

「謝謝。」

「不……」

我移開視線後，再度看著她，她也注視著我。

我把手放在她的肩膀上，把她輕輕拉了過來。她沒有抵抗地迎向我。

我親吻了她，然後緊緊抱著她。抱著她的感覺，她的體溫。最後一次吻她，是幾年前的事？

我們的嘴唇分開。我注視著她的眼睛，她似乎察覺到我的動靜，緩緩張開了眼睛。我們在黑暗中凝視彼此。

下一剎那，她好像受驚似地張大眼睛。我還來不及問她「怎麼了？」她已經抽離了身體。正確地說，她整個人向後彈開。

她雙手捂著嘴，露出害怕的眼神看著我。我發現她在顫抖。

「妳怎麼了？」我終於開口問她。

沙也加沒有回答，她用力搖著頭，轉身衝上了樓梯。她腳上的鞋子在中途掉落，滾下樓梯，但她並沒有停下腳步。

我撿起鞋子追了上去。

來到二樓時，我發現佑介的房門半開著，裡面傳來啜泣的聲音。我站在走廊上向內張望，發現沙也加跪在地上，把臉埋在佑介的床上哭泣著。

我握著門把，她似乎察覺到我站在門口，對我說：「不要進來。」

我立刻縮手，一動也不動地站在那裡。

沙也加抬起了頭，但並沒有回頭看我，而是看著貼了蒸氣火車海報的牆壁。

「在那個房間……」我聽到她無力的聲音，「被那個男人……」

「啊？」我皺起眉頭，「妳說哪個房間？」

「那個房間，就是有花瓶和綠色窗簾的房間。那個男人在那個房間對我……」

說到這裡，她不耐煩地搖了搖頭，「拜託你把手電筒關掉。」

我慌忙關了手電筒。徹底的黑暗包圍了我們。

「我……被他脫光衣服。」她說。

我感到一陣心痛，向著黑暗跨出一步。

「然後，他緊緊抱著我，不讓我逃走。就在那張床上，被那個男人，被那個總是滿嘴酒臭的男人，」她哭著說道，「我對他說不要，一次又一次對他說，但他仍然沒有停止。他說，只有妳和我站在一起，不要連妳也討厭我，妳不要看不起我。他一邊說，一邊──」一陣凝重的沉默後，她繼續說道：「一邊舔我的身體。」

我又向前一步，然後停了下來。我陷入一種錯覺，好像她的聲音從我周圍傳來，我有點耳鳴。

「幾乎每天晚上都這樣，我很害怕天黑。」

「妳有沒有為這件事向別人求助？」我問她。

「我當時不敢，」她回答說，「現在的我無法理解為什麼，但我猜想應該很害怕。我害怕反抗那個男人，擔心他進一步侵犯我。」

也許吧。我心想。大部分受虐待的孩子都獨自煩惱，卻不敢向別人求救。

對御廚雅和而言，沙也加，不，是御廚久美，御廚久美是唯一不會讓他感受到嚴格的父親啟一郎影子的人，因為佑介的疏遠感到極度孤獨和屈辱的御廚雅和可能因此對女兒產生了異常的執著。

我想起佑介在日記中的這一段內容。

「我很在意昨天的事，今天一整天都沒有心情做其他事。我覺得很噁心。今天晚上也會發生那件事嗎？搞不好以前都一直發生。只是昨晚我去上廁所，剛好聽到了那個聲音，搞不好以前只是沒聽到而已。果真如此的話，真是太噁心了，我快要吐了。今天我從學校回家時，在庭院打了照面，但我立刻逃走了。不知道明天該怎麼辦。」

不難想像佑介看到了什麼，他在庭院遇到的是茶米，也就是眼前的沙也加。

「不要去想了，那些都是很久以前的事。」說出口之後，我才發現自己說的話有多無趣。

黑暗中，我感覺到她動了一下。

「我想起那天的事了。」

「那天？」

「火災的前一天，佑哥哥——」這時，我聽到她的嘆息聲，「對，我以前叫他佑哥哥，佑哥哥叫我茶米。那天晚上，佑哥哥問我，茶米，妳是不是討厭那個男人？

我立刻回答，我討厭他。佑哥哥對我說，那我幫妳殺了他。」

我倒吸了一口氣，沒想到在黑暗中聽起來很大聲。

「我問佑哥哥，殺了他是什麼意思？佑哥哥告訴我，就是以後再也不會看到他了。他說，他可以離家出走，但我沒辦法離開，還要繼續在這裡生活。他問我願意繼續住在這裡，每天被那個男人做那種事嗎？」

「妳怎麼回答？」

「請你殺了他——我這麼回答。」她說話的語氣令人不寒而慄。

「佑哥哥說，他一定會成功的，還叫我第二天請媽媽帶我去動物園，他會在我回來之前處理完。」

「難道原本不是打算同歸於盡嗎？」

「應該不是。哥哥要為我殺了他，但火勢太大了……佑哥哥也葬身火窟了，他是因為我才會死的。」她比剛才更大聲地哭了起來。

一股無形的力量籠罩了我，我連手指都無法動彈。

這就是她的記憶封存的一切。

在她得知哥哥死去的瞬間，她應該就失去了意識。

「沙也加……」我終於向前跨出一步。

「不要過來！」她泣不成聲地說道，「而且，我也不是沙也加——」

我不知道該對她說什麼。我就像木頭人，不知所措地聽著她的哭泣聲。

不知道過了多久，我從空氣的動靜中，察覺到她的情緒似乎終於稍微平靜下來。

「不好意思，」她用比剛才平靜許多的聲音說：「你先回去吧。」

「但是——」

「拜託你，讓我一個人靜一靜。」

但我不能把她獨自留在這裡。雖然她有很多方法可以從這裡回去東京，但我擔心的並不是這個問題。

她似乎看穿了我的心思，對我說：

「別擔心，我不會死。」

「不，我不是擔心這個——」

「再見。」沙也加說道，似乎拒絕我繼續留在這裡。

我無可奈何地點頭，「好，那我走了。」

「對不起……雖然很暗，但在你走出房間之前，不要打開手電筒。」

「嗯。」

雖然我已經走出了房間，但我仍然沒有碰手電筒的開關，摸索著走下樓梯。我正想走去地下室時，聽到隱約的動靜。是從客廳傳來的。
我穿越玄關大廳，走進客廳，打開手電筒。
空氣靜止，一切都靜悄悄的。
我移動燈光，鋼琴出現在光環中。
沙也加剛才看的樂譜掉在地上，我照著腳下走了過去。撿起樂譜後，放回原來的位置。
我看到鋼琴上的人偶。人偶的眼睛在照光照射下發出淡淡的光，似乎想要對我訴說什麼。
走出屋外，陽光燦爛，身體似乎都感到微微的刺痛，隔了一會兒，我的眼睛才終於能夠完全睜開。
我把沙也加的行李從車上拿了下來，放在通往地下室階梯的入口。
坐上車後，從後視鏡中看著那棟房子，和昨天來的時候沒什麼兩樣。我發動了引擎。
把車子開出去時，我似乎聽到了鋼琴聲，立刻踩了煞車，但無論我怎麼豎起耳朵，都聽不到聲音了。
我再度踩下油門。

尾聲

回到東京後，我稍微調查了御廚家的事。因為知道二十三年前發生了火災，再加上御廚這個姓氏很少見，所以很快就從當時的報紙中找到了報導內容。在「橫濱民房全燒，父子三人無法及時逃出」的小標題下，刊登了相關的消息，報導中指出，三個人分別是御廚雅和、佑介和久美。

我根據報紙上的地址去了橫濱。

御廚家原本所在的位置已經建造了新的公寓，周圍的土地也都是近年興建的住宅。我終於找到了很久以前就住在這裡的人，向他打聽了御廚家的事。那位老人清楚記得火災當時的情況。

「老爺死後，那個吊兒郎當、沒出息的兒子就搬回來了，他用火不慎引發了火災。如果只有那個笨兒子死了反而更好，沒想到兩個孩子也一起燒死了，夫人傷心欲絕啊。」

老人說著，皺起了眉頭。他隱約記得佑介的長相，但因為很少見到他妹妹，所以不記得她長什麼樣子。正因為如此，才能夠順利和倉橋沙也加掉包。

松原湖那棟房子——其實是墳墓——的主人是御廚家的遠親，一個姓磯貝的人。磯貝靠經營進口商品致富，是在全國各地開了多家折扣連鎖店的企業家。我有機會和磯貝先生在他位在東京的事務所聊了十分鐘，他知道松原湖的那棟房子，但從來沒有去過那裡。

「那裡原本要建別墅，但結果家裡燒掉了，根本無心建造別墅，所以那塊地就丟在那裡，御廚阿姨突然想到要建造一棟和原來住的地方一模一樣的房子。阿姨去世之後，就由我繼承了那棟房子，但那裡沒有水電瓦斯，所以就丟在那裡。只是當時她曾經吩咐，如果要賣掉那棟房子，事先要和某個人聯絡。」

我問了那個人的名字，原來是沙也加的父親。磯貝先生並不知道他已經去世。

御廚夫人到底想要怎麼處理那棟奇妙的房子呢？一旦磯貝先生想要賣掉，沙也加很可能會知道那棟房子的存在，御廚夫人不知道怎麼看這件事。

我覺得御廚夫人想要把一切告訴沙也加，所以才會珍藏佑介的日記和其他暗示真相的材料。

沙也加也的確因為那棟房子的存在瞭解了真相，也知道了自己的真實身分，雖然不知道這樣的結果對她是好是壞。

對她來說，那棟房子到底具有什麼意義？

我覺得她在遙遠的過去死在那個家裡，這和與她交換了名字的「沙也加」真的死在那裡是兩碼事。那兩天奇妙的旅行，讓她找到自己的屍體，從這個角度來說，那棟房子也的確是墳墓。

那件事之後，我也經常回想起自己的老家，養父母住的那個家，讓我必須在親生母親和養父母之間做出選擇的那個家，讓我必須一直扮演乖巧順從的兒子角色的那個家，讓我知道每個人都很孤獨的那個家。

也許我也在那個老家死去了。小時候的我死在那裡，是不是一直等待著現在的我去迎接他？是不是每個人都有以前的自己死去的家？只是因為不想見到一定還躺在那裡的屍體，所以假裝沒有發現而已。

那一年的年底，收到了沙也加寄來的明信片。那是和她在那棟房子分手後，第一次有她的消息。

她在明信片上簡單地交代了她離了婚，孩子和前夫一起生活的事，最後又補充了這段話——「謝謝你幫了我很多忙，我相信我就是我，不是我以外的任何人，繼續走向未來的路。」

寄件人的名字是倉橋沙也加。

之後，我再也沒有見過她。

□集滿4個印花贈品（二款任選其一）：

A：【推理謎】LOGO皮質燙銀典藏書套一個
（黑色，25開本適用，限量1000個）

B：【推理謎】吉祥物『獨角獸』圖案皮質燙金典藏書套一個
（咖啡色，25開本適用，限量1000個）

□集滿8個印花贈品（二款任選其一）：

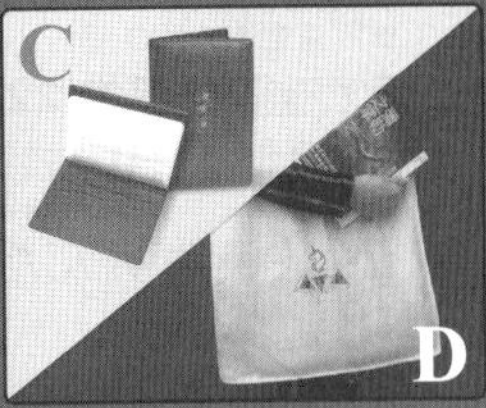

C：【推理謎】LOGO皮質燙金證件名片夾一個
（紅色，11.5cm x 8.6cm，限量500個）

D：【推理謎】吉祥物『獨角獸』圖案環保購物袋一個
（米色，不織布材質，41.5cm x 38.6cm，限量1000個）

□集滿12個印花贈品（二款任選其一）：

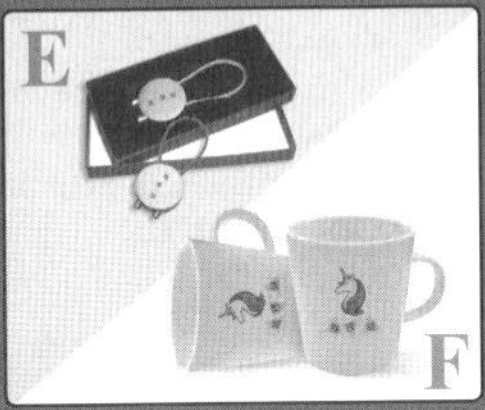

E：【推理謎】LOGO不鏽鋼繩鑰匙圈一個
（限量500個）

F：【推理謎】吉祥物『獨角獸』圖案馬克杯一個
（白色，320cc容量，限量500個）

謎人俱樂部會不定期推出最新限量贈品提供兌換，
請密切注意活動官網和粉絲專頁。

?

【注意事項】
◎本活動僅限台灣地區讀者參加。
◎贈品兌換期限自即日起至2023年12月31日止（以郵戳為憑）。
◎贈品圖片僅供參考，所有贈品應以實物為準。
◎所有贈品數量有限，送完為止。如讀者欲兌換的贈品已送完，皇冠文化集團有權直接改換其他贈品，不另徵求同意和通知。贈品存量將定期在【謎人俱樂部】活動官網上公佈，請讀者在兌換前先行查閱或直接致電：（02）27168888分機114、303讀者服務部確認。
◎皇冠文化集團保留修改或取消謎人俱樂部活動辦法的權利。辦法如有更動，將隨時在【謎人俱樂部】活動官網上公佈。

國家圖書館出版品預行編目資料

以前，我死去的家 / 東野圭吾著；王蘊潔譯. --
初版. -- 臺北市：皇冠, 2015.07 面；公分. --
(皇冠叢書；第 4480 種)(東野圭吾作品集 ;22)

譯自 :むかし僕が死んだ家
ISBN 978-957-33-3164-3(平裝)

861.57　　　　104009762

皇冠叢書第 4480 種
東野圭吾作品集 22

以前，我死去的家

むかし僕が死んだ家

作　　者—東野圭吾
譯　　者—王蘊潔
發 行 人—平　雲
出版發行—皇冠文化出版有限公司
台北市敦化北路 120 巷 50 號
電話◎ 02-27168888
郵撥帳號◎ 15261516 號
皇冠出版社（香港）有限公司
香港銅鑼灣道 180 號百樂商業中心
19 字樓 1903 室
電話◎ 2529-1778 傳真◎ 2527-0904
總 編 輯—許婷婷
美術設計—王瓊瑤
著作完成日期— 1997 年
初版一刷日期— 2015 年 7 月
初版十三刷日期— 2024 年 1 月
法律顧問—王惠光律師

讀者服務傳真專線◎ 02-27150507
電腦編號◎ 527019
ISBN ◎ 978-957-33-3164-3
Printed in Taiwan
本書定價◎新台幣 300 元 / 港幣 100 元

謎人俱樂部贈品兌換卡

我要選擇以下贈品(須符合印花數量)：□A □B □C □D □E □F

1	2	3	4
5	6	7	8
9	10	11	12

◎請沿虛線剪開、對摺、裝訂後寄出。

【個人資料蒐集、利用及處理同意條款】

您所填寫的個人資料，依個人資料保護法之規定，皇冠文化集團將對您的個人資料予以保密，並採取必要之安全措施以免資料外洩。您對於您的個人資料可隨時查詢、補充、更正，並得要求將您的個人資料刪除或停止使用。

本人同意皇冠文化集團得使用以下本人之個人資料建立該集團旗下各事業單位之讀者資料庫，做為寄送出版或活動相關資訊、相關廣告，以及與本人連繫之用。本人並同意皇冠文化集團可依據本人之個人資料做成讀者統計資料，在不涉及揭露本人之個人資料下，皇冠文化集團可就該統計資料進行合法地使用以及公布。

□同意　□不同意

我的基本資料

姓名：__________

出生：_____ 年 _____ 月 _____ 日　性別：□男 □女

職業：□學生 □軍公教 □工 □商 □服務業

□家管 □自由業 □其他 __________

地址：□□□□□ __________

電話：(家) __________ (公司) __________

手機：__________

e-mail：__________

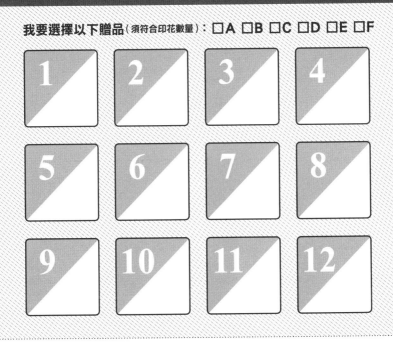

◎請沿虛線剪開、對摺、裝釘後寄出。

我對【東野圭吾作品集】系列的建議：

寄件人：

地址：□□□□□

北區郵政管理局登
記證北台字1648號
免 貼 郵 票
〔限國內讀者使用〕

105020
台北市敦化北路120巷50號
皇冠文化出版有限公司 收